The Secret™

PASLAPTIS

The Secret

PASLAPTIS

Rhonda Byrne

Alma littera

VILNIUS / 2009

UDK 159.9
Bi337

Versta iš:
Rhonda Byrne, The Secret,
Atria Books / Beyond
Words Publishing, 2006

Iš anglų kalbos vertė *Asta Čepukaitė*

ISBN 978-9955-38-158-7

Kaip viršuje, taip ir apačioje.
Kaip viduje, taip ir išorėje.

Smaragdinė lentelė, apie 3000 m. pr. Kr.

Dedikuoju Tau

Tegu Paslaptis suteikia meilės,
džiaugsmo visai tavo būčiai.

To linkiu Tau ir visam pasauliui.

Pratarmė

Prieš metus mano gyvenimas ėmė byrėti. Dirbau iki nugriuvimo, netikėtai mirė mano tėvas, o santykiai su bendradarbiais ir tais, kuriuos mylėjau, buvo pakrikę. Tada mažai ką išmaniau apie gyvenimą, bet apimta didžiausios nevilties gavau didžiausią dovaną.

Man buvo suteikta galimybė žvilgtelėti į Didžiąją Paslaptį – gyvenimo Paslaptį. O apie ją sužinojau iš šimto metų senumo knygos, kurią man įdavė dukra Hayley. Ėmiau sekti Paslapties pėdsakais per visą istoriją. Negalėjau patikėti tuo, ką skaičiau. Tokie didūs žmonės kaip Platonas, Šekspyras, Niutonas, Hugo, Bethovenas, Linkolnas, Emersonas, Edisonas, Einšteinas jau žinojo apie ją.

Nepatikliai klausiau savęs: „O kodėl *ne visi žino Paslaptį*?" Noras pasidalyti Paslaptimi su pasauliu tiesiog kunkuliavo manyje, ir aš leidausi ieškoti gyvų Paslaptį žinančių žmonių.

Ir jie atsirasdavo vienas po kito. Tapau magnetu: ėmus ieškoti, didieji mokytojai vienas po kito buvo atvedami pas mane.

Suradus vieną mokytoją, šis nukreipdavo pas kitą – tiesiog tobula grandinė. Jei nuklysdavau neteisinga linkme, kas nors imdavo ir patraukdavo mano dėmesį, ir tokiuose aplinkkeliuose vėl sutikdavau kitą didį mokytoją. Jeigu „atsitiktinai" spustelėdavau klaidingą nuorodą internetinėje paieškoje, būdavau nuvedama prie nepaprastai svarbios informacijos. Per kelias neilgas savaites atsekiau Paslaptį istorijos glūdumose, taip pat suradau šiuolaikinius Paslapties praktikuotojus.

Vizija, kaip pasauliui perduoti Paslaptį filmu, visąlaik kirbėjo mano galvoje, ir štai po dviejų mėnesių mano filmo ir televizijos komandos jau mokėsi Paslapties. Kiekvienas komandos narys turėjo tai žinoti, antraip perteikti tai, ką užsibrėšime, būtų paprasčiausiai neįmanoma.

Filmui neturėjome vieno pastovaus mokytojo, tačiau mes žinojome Paslaptį, tad, apsiginklavusi absoliučiu tikėjimu, skraidžiau tarp Australijos ir JAV, kur gyveno dauguma mokytojų. Po septynių savaičių „Paslapties" komanda buvo nufilmavusi 55 vienus didžiausių JAV mokytojų. Filmuota medžiaga sudarė 120 valandų. Kiekviename žingsnyje, kiekviename atokvėpyje mes pasitelkdavome Paslaptį, kad sukurtume „Paslaptį". Mes lyg magnetai pritraukdavom viską ir visus. Po aštuonių mėnesių filmas „Paslaptis" buvo baigtas.

Filmui keliaujant per pasaulį, užplūdo stebuklų kupinos istorijos: žmonės rašė, kaip atsikratė chroniško skausmo, išsivadavo iš depresijos, ligų, kaip ėmė vaikščioti po nelaimingų atsitikimų, netgi kaip pakilo iš mirties patalo. Gavome daugybę pranešimų, kaip žmonės, Paslapties padedami, sulaukė didžiulių pinigų sumų ar netikėtų čekių. Žmonės, pasinaudoję Paslaptimi, realizavo mintis apie tobulus namus, gyvenimo partnerius, automobilius, darbus, buvo paaukštinti tarnyboje – daugybė gyvenimų pasikeitė pritaikius Paslaptį sau. Teko išgirsti ir širdį gniaužiančių istorijų apie sudėtingus žmonių santykius, tarp jų ir kaip vaikai susigrąžino harmoniją.

Vienos gražiausių mūsų išgirstų istorijų buvo apie vaikus, kurie pasinaudojo Paslaptimi, kad pritrauktų, ko trokšta: nuo gerų pažymių iki draugų. Paslaptis įkvėpė gydytojus pasidalyti žiniomis su pacientais, universitetus bei mokyklas – su studentais, sveikatos klubus – su klientais, įvairių konfesijų Bažnyčias ir dvasinius centrus – su pasekėjais. Paslapties vakarėliai buvo rengiami namuose visame pasaulyje – žmonės dalijosi Paslaptimi su mylimais žmonėmis ir šeimomis. Paslaptis buvo pasitelkiama siekiant pritraukti ką tik nori: nuo ypatingos plunksnos iki dešimt milijonų dolerių. Ir visa tai vyko keletą mėnesių po filmo pasirodymo.

Kurdama „Paslaptį" norėjau ir dabar tebenoriu, kad toji Paslaptis atneštų džiaugsmo daugybei žmonių visame pasaulyje. „Paslapties" komanda kiekvieną dieną mato šio mano noro rezultatus – iš viso pasaulio gauname tūkstančius laiškų iš įvairaus amžiaus, rasių, tautybių žmonių, kurie dėkoja už Paslapties teikiamą džiaugsmą. Nėra nieko, ko negalėtum pasiekti ją žinodamas. Ir nesvarbu, kas tu esi ar kur tu esi – Paslaptis gali tau suteikti tai, ko trokšti.

Šioje knygoje pateikiami 24 nuostabių mokytojų pasisakymai. Tai buvo nufilmuota įvairiose JAV vietose skirtingu laiku, tačiau jie visi šneka kaip vienas. Šioje knygoje rasi Paslapties mokytojų žodžius bei nepaprastas istorijas, rodančias, kaip Paslaptis veikia praktiškai. Kad susikurtum savo išgalvotą gyvenimą eidamas trumpiausiu keliu, aš pasidalijau visu tuo, ką sužinojau, su Tavimi.

Skaitydamas knygą pastebėsi, kad kartais į tave kreipiuosi „Tu", o taip darau todėl, kad tu, skaitytojau, pajustum, jog šią knygą parašiau tau. Kai rašau Tu, kreipiuosi į tave asmeniškai. Aš norėjau, kad tu pajustum asmeninį ryšį su tuo, kas rašoma knygos puslapiuose, nes Paslaptis buvo sukurta Tau.

Skaitydamas šią knygą ir mokydamasis Paslapties sužinosi, kaip turėti tai, ką trokšti turėti, kaip būti tuo, kuo trokšti būti, ir kaip daryti tą, ką trokšti daryti.

Padėkos

Norėčiau nuoširdžiai padėkoti visiems žmonėms, kurie atsirado mano gyvenime, įkvėpė, prisilietė, apšvietė mane savo buvimu.

Taip pat norėčiau išsakyti dėkingumą jiems už didžiulę paramą ir pagalbą kelionėje, kurioje stengiausi sukurti šią knygą.

Už nuoširdų išminties, meilės ir dieviškumo dalijimąsi atiduodu pagarbą šiems knygos bendraautoriams: Johnui Assarafui, Michaeliui Bernardui Beckwithui, Lee Broweriui, Jackui Canfieldui, dr. Johnui Demartini, Marie Diamond, Mike'ui Dooley, Bobui Doyle'iui, Hale'ui Dwoskinui, Morrisui Goodmanui, dr. Johnui Gray, dr. Johnui Hagelinui, Billui Harrisui, dr. Benui Johsonui, Loral Langemeier, Lisai Nichols, Bobui Proctorui, Jamesui Ray, Davidui Schirmeriui, Marci Shimoff, dr. Joe Vitale'ui, dr. Denisui Waitley, Neale'ui Donaldui Walschui, dr. Fredui Alanui Wolfui.

Nuostabių žmonių, kurie padėjo sukurti filmą „Paslaptis", komandai: Paului Harringtonui, Glendai Bell, Skye Byrne bei Nicui George'ui.

Taip pat Drew Heriotui, Danieliui Kerrui, Damianui Corboy ir visiems, kurie keliavo kartu su mumis kuriant filmą „Paslaptis".

Dėkoju *Gozer Media* už įstabios grafikos sukūrimą bei jos persmelkimą Paslaptimi: Jamesui Armstrongui, Shamusui Hoare'ui bei Andy Lewisui.

„Paslapties" vadovaujančiam direktoriui Bobui Rainone'ui, kuris mums tiesiog nukrito iš dangaus.

Michaeliui Gardineriui ir teisininkų bei konsultacinei komandai Australijoje ir Jungtinėse Valstijose.

Už Paslapties tinklalapio sukūrimą: Danui Hollingsui, Johnui Herrenui ir visiems iš *Powerful Intentions,* suorganizavusiems ir atidariusiems Paslapties forumą, taip pat nuostabiems žmonėms, kurie dalyvauja tame forume.

Didiesiems praeities mokytojams ir jų pasekėjams, kurių darbai sužadino troškimą sužinoti Paslaptį. Ilgai vaikščiojau jų didybės šešėlyje ir gerbiu kiekvieną iš jų. Ypač dėkoju Robertui Collierui ir *Robert Collier Publications,* Walace'ui Wattlesui, Charlesui Haaneliui, Josephui Campbelui bei Josepho Cambelo fondui, Prentice'ui Mulfordui, Genevieve Behrend ir Charlesui Fillmore'ui.

Dėkoju Richardui Cohnui bei Cynthiai Black iš *Atria Books/Beyond Words,* taip pat Judithai Curr iš *Simon&Schuster,* kad atvėrė savo širdis ir priglaudė Paslaptį. Už redagavimą esu dėkinga Henry Covi ir Julie Steigerwaldt.

Už geranoriškumą dalijantis savo istorijomis dėkoju: Cathy Goodman, Susan Sloate, Colinui Halmui, Susan Morrise, *Belize Natural Energy* vadovei, Jeannie Mackay bei Joe Sugarmanui.

Už įkvepiančius mokymus dėkoju: dr. Robertui Anthony, Jerry ir Estherai Hicksams, Davidui Cameronui Gikandi, Johnui Harricharanui, Catherine Ponder, Gay ir Katie Hendricksams, Stephenui M. R. Covey, Eckhartui Tolle'iui ir Debbie Fordui. Už nuoširdžią paramą dėkinga: Chrisui ir Janetai Attwoodams, Marciai Martin, *Transformational Leaders Council, Spiritual Cinema Circle,* Agapės dvasinio centro nariams ir visiems „Paslaptyje" dalyvavusių mokytojų padėjėjams bei darbuotojams.

Dėkoju savo brangiems draugams už meilę ir palaikymą: Marcy Koltun-Crilley, Margaret Rainone, Athena Golianis, Johnui Walkeriui, Elaine Bate, Andrea Keir, Michaeliui ir Kendrai Abay. Ir savo puikiai šeimai: Peteriui Byrne'ui; nuostabioms seserims – Jan Child, kuri nepaprastai daug padėjo ruošiant šią knygą, Pauline Vernon, velionei Kaye Izon bei Glendai Bell, kuri visada yra šalia manęs ir kurios meilė bei parama yra beribė. Taip pat savo nuostabiai bei gražiai mamai Irene Izon ir savo tėvui Ronaldui Izon, tegu ilsisi ramybėje, kurio šviesa ir meilė vis dar apšviečia mūsų gyvenimus.

Ir galų gale norėčiau padėkoti savo dukterims Hayley ir Skye Byrne. Hayley – už tai, kad paskatino žengti nauju gyvenimo keliu ir leistis į tikrąją kelionę, Skye – už tai, kad sekė mano pėdomis kuriant šią knygą ir sugebėjo nuostabiai pataisyti bei pakeisti mano žodžius. Mano dukros – mano gyvenimo brangakmeniai, ir jos nušviečia kiekvieną kvėptelėjimą.

Paslaptis atskleista

Bobas Proctoras –

filosofas, knygų autorius, asmeninis konsultantas

Paslaptis tau suteikia visko, ko trokšti: laimės, sveikatos ir turtų.

Dr. Joe Vitale'is –

metafizikas, rinkodaros specialistas, knygų autorius

Gali turėti ir daryti bet ką, ko tik užsimanysi, būti tuo, kuo panorėsi būti.

Johnas Assarafas –

verslininkas, pinigų uždirbimo ekspertas

Galime turėti viską, ką pasirenkame. Ir man nerūpi ribos.

Kokiame name norėtum gyventi? Gal norėtum būti turtuolis? Kokio verslo norėtum imtis? Ar trokšti daugiau sėkmės? Ko iš tiesų nori?

DR. JOHNAS DEMARTINI –

FILOSOFAS, MANUALINĖS TERAPIJOS SPECIALISTAS, GYDYTOJAS, ASMENINIŲ TRANSFORMACIJŲ ŽINOVAS

Tai didžioji gyvenimo Paslaptis.

DR. DENISAS WATLEY'IS –

PSICHOLOGAS, INSTRUKTORIUS – PROTO POTENCIALIŲ GALIŲ ATSKLEIDĖJAS

Praeities vadovai, žinoję Paslaptį, norėjo išsaugoti savo galią, o ne ja dalintis. Jie stengėsi, kad žmonės nesužinotų apie Paslaptį. Žmonės ėjo į darbus, darė visa, ką reikia, ir ėjo namo. Juos buvo įsupusi rutina, jie neturėjo jokios galios, nes Paslaptis buvo kelių žmonių rankose.

Per visą istoriją buvo daugybė žmonių, kurie troško sužinoti Paslaptį, ir buvo daugybė tokių, kurie rado būdų, kaip ją perteikti pasauliui.

MICHAELIS BERNARDAS BECKWITHAS –

AIŠKIAREGYS, AGAPĖS TARPTAUTINIO DVASINIO CENTRO ĮKŪRĖJAS

Mačiau daugybę stebuklų žmonių gyvenimuose.

Stebuklų, susijusių su finansais, fiziniu bei protiniu išgijimu, santykių susitvarkymu.

JACKAS CANFIELDAS – KNYGŲ AUTORIUS, MOKYTOJAS, GYVENIMO INSTRUKTORIUS, MOTYVACIJOS SPECIALISTAS

Visa tai įvyko dėl to, kad buvo žinoma, kaip pasinaudoti Paslaptimi.

Kas yra Paslaptis

BOBAS PROCTORAS

Tikriausiai sėdi sau ir svarstai, kas ta Paslaptis? Papasakosiu, kaip ją supratau aš.

Mes visi dirbame su viena begaline jėga. Mes visi vadovaujamės tais pačiais dėsniais. Visatos dėsniai yra tokie tikslūs, kad mums nesunku statyti kosminius laivus, siųsti žmones į Mėnulį, sekundės dalių tikslumu apskaičiuoti jų nusileidimą.

Kad ir kur būtume – Indijoje, Australijoje, Naujojoje Zelandijoje, Stokholme, Londone, Toronte, Monrealyje ar Niujorke – mes visi dirbame su viena jėga. Veikiami vieno dėsnio. Traukos!

Paslaptis – tai traukos dėsnis!

Viską, kas tavo gyvenime nutinka, pritrauki pats, savo mintyse turėdamas virtinę vaizdinių. Būtent tai, ką galvoji, tai, apie ką mąstai, sau ir pritrauki.

„Kiekviena tavo mintis realizuojasi. Ji yra jėga."

Prentice'as Mulfordas (1834–1891)

Didžiausi kada nors gyvenę mokytojai pasakoja mums, jog traukos dėsnis yra pats galingiausias Visatoje.

Tokie poetai kaip Williamas Shakespeare'as, Robertas Browningas ir Williamas Blake'as išreiškė tai savo poezijoje. Tokie muzikai kaip Ludwigas van Beethovenas perteikė tai savo muzikoje. Tokie menininkai kaip Leonardo da Vinci atspindėjo tai savo paveiksluose. Tokie didūs mąstytojai kaip Sokratas, Platonas, Ralphas Waldo Emersonas, Pitagoras, seras Francis Baconas, seras Izaokas Niutonas, Johannas Wolfgangas von Goethe ir Victoras Hugo dalijosi tuo savo kūriniuose bei mokymuose. Jų vardai – nemarūs, jų gyvenimo legenda tęsiasi šimtmečius.

Religijos, tokios kaip hinduizmas, okultinės tradicijos, budizmas, judaizmas, krikščionybė, islamas ir civilizacijos, tokios kaip senovės Babilono ir Egipto, atskleidė šitai savo rašytiniuose šaltiniuose bei pasakojimuose. Traukos dėsnis, išreikštas įvairiomis formomis, atsispindi ne vieno šimtmečio senovės kūriniuose. 3000 m. pr. Kr.

jis buvo užrašytas ant akmens. Nors šių žinių iš tikrųjų geidė nedaugelis, bet jos visada visiems buvo prieinamos.

Šis dėsnis atsirado sulig laiko pradžia. Jis visada buvo ir visuomet bus.

Šis dėsnis nustato visą Visatos tvarką, nulemia kiekvieną tavo gyvenimo akimirksnį, bet ką, ką patiri savo gyvenime. Nesvarbu, kas ar kur esi, šis visagalis traukos dėsnis per tavo mintis kuria tavo gyvenimišką patirtį. Tu vienintelis išjudini traukos dėsnį – ir tai padarai per savo mintis.

1912 metais Charlesas Haanelis traukos dėsnį apibūdino kaip „patį didžiausią ir teisingiausią dėsnį, nuo kurio priklauso visa pasaulio sistema“.

BOBAS PROCTORAS

Išmintingi žmonės visada jį išmanė. Pažvelk į senovės babiloniečius. Jie visuomet tai žinojo. Tai buvo nedidelė išskirtinių žmonių grupelė.

Senovės babiloniečiai ir jų klestėjimas mokslininkų išsamiai ištyrinėtas. Be kita ko, jie garsūs vieno iš septynių didžiųjų pasaulio stebuklų – Kabančiųjų sodų – kūrėjai. Išmanydami ir taikydami Visatos dėsnius, jie tapo viena turtingiausių tautų per visą istoriją.

BOBAS PROCTORAS

Kaip manai, kodėl vos vienas procentas žmonijos uždirba maždaug 96 procentus visų uždirbamų pinigų? Nejau manai, kad tai atsitiktinumas? Taip jau sukurta. Jie kažką supranta. Jie žino Paslaptį, ir štai dabar tave supažindiname su šia Paslaptimi.

Žmonės, į savo gyvenimą pritraukę turtus, pasitelkė Paslaptį – sąmoningai arba ne.

Jie mąsto apie turtus, gausą ir neleidžia prieštaringoms mintims įsišaknyti savo galvose. Jie daugiausia galvoja apie turtus. Jie tik apie juos mąsto ir daugiau jokios mintys nesisuka jų galvoje. Nesvarbu, supranta jie tai ar ne: būtent pačios mintys apie turtus jiems juos ir sukrovė. Taip veikia traukos dėsnis.

Štai puikus pavyzdys, atskleidžiantis Paslaptį ir kaip veikia traukos dėsnis. Tikriausiai pažįstate žmonių, kurie buvo turtingi, paskui neteko visų savo turtų ir galų gale per trumpą laiko tarpą vėl įgijo milžiniškus turtus. Kas vyko kiekvienu iš šių etapų? Suvokė jie ar ne, tačiau jų vyraujančios mintys buvo apie turtą – būtent taip jie įgijo turtą pirmame etape. Tada jų mintis pamažu užvaldė baimė netekti turto. Svarstyklių lėkštelę „mintys apie turtą" nusvėrė lėkštelė „mintys apie praradimą", ir todėl viskas buvo prarasta. Tačiau visko netekus, baimė prarasti taip pat išnyksta, ir svarstyklės vėl pasvyra prie minčių apie turtą. Turtas grįžta.

Dėsnis atsiliepia į tavo mintis, kad ir kokios jos būtų.

Panašus traukia panašų

Johnas Assarafas

Man pats paprasčiausias būdas suvokti traukos dėsnį – tai įsivaizduoti save esant magnetu. Ir aš žinau, kad magnetas pritrauks prie savęs lygiai tokius pačius dalykus.

Esi pats galingiausias magnetas Visatoje! Tavyje slypi magnetinė jėga, kuri yra galingesnė už bet ką šiame pasaulyje, ir ši neišmatuojama magnetinė jėga išspinduliuojama tavo mintimis.

Bobas Doyle'as – knygų autorius ir traukos dėsnio specialistas

Iš esmės traukos dėsnis reiškia, jog panašus traukia panašų. Bet tai veikia minčių lygmenyje.

Traukos dėsnio principas – *panašus traukia panašų*, taigi galvodamas kokią nors mintį, pritrauki daugiau *panašių* minčių. Štai dar keletas traukos dėsnio pavyzdžių, kuriuos galbūt teko patirti gyvenime.

Ar kada buvo taip, kad ėmei galvoti apie ką nors, kas tavęs netenkina, ir kuo labiau apie tai galvojai, tuo viskas blogiau atrodė? Taip būna be perstojo mintyjant tą patį, ir traukos dėsnis akimirksniu pritraukia daugiau *panašių* minčių. Jau per keletą minučių tave aplanko daugybė *panašių* liūdnų minčių, tik patvirtinančių, kad situacija prastėja. Kuo daugiau apie tai galvoji, tuo liūdnesnis tampi.

Galbūt teko patirti, kaip mintys pritraukia *panašias* mintis, pasiklausius dainos, kurios paskui niekaip nepavyko išmesti iš galvos. Daina tiesiog skambėjo ir skambėjo galvoje. Kai klauseisi tos dainos, tavo dėmesys buvo sutelktas vien į ją, nors galbūt to ir nesuvokei. O kadangi taip buvo, tu stipriai traukei daugiau *panašių* minčių apie tą dainą; ėmė veikti traukos dėsnis ir jis siuntė tau vis daugiau minčių apie tą dainą.

JOHNAS ASSARAFAS

Mūsų, kaip žmonių, užduotis – susitelkus galvoti apie tai, ko trokštame, gerai įsisąmoninti, ko norime, o tada imsime žadinti vieną galingiausių dėsnių Visatoje – traukos dėsnį. Tampi tuo, apie ką daugiausia galvoji, o taip pat pritrauki tai, apie ką daugiausia galvoji.

Dabartinis tavo gyvenimas – praeities minčių atspindys. Tai apima visus gerus dalykus, ir tuos, kurių nelaikai tokiais puikiais. Kadangi pritrauki tai, apie ką daugiausia galvoji, lengva pastebėti, kokios mintys dominavo kiekvienoje tavo gyvenimo srityje, nes tai tapo tavo patirtimi. Iki dabar! Dabar tu mokaisi Paslapties, o su šiomis žiniomis gali viską pakeisti.

BOBAS PROCTORAS

Jei turi ką mintyse, greitai turėsi ir rankose.

Jeigu mintyse žinai, ko nori, ir jei tik ta mintis suksis tavo galvoje, tai *realizuosi* ją savo gyvenime.

MIKE'AS DOOLEY'IS – KNYGŲ AUTORIUS, VISAME PASAULYJE ŽINOMAS LEKTORIUS

Šį principą galima apibendrinti trimis žodžiais. Mintys tampa tikrove!

Šis galingas dėsnis mintis paverčia gyvenimo tikrove. Tavo mintys tampa daiktais! Kartok tai sau, tegu šie žodžiai įsismelkia į tavo sąmonę ir suvokimą. Tavo mintys tampa tikrove!

JOHNAS ASSARAFAS

Žmonės dažniausiai nesupranta, jog mintys turi dažnį. Mes galime išmatuoti mintį. Taigi jeigu apie ką nors vis galvoji, jei mintyse įsivaizduoji, kaip įsigyji naują automobilį, kaip gauni taip reikiamus pinigus, kaip įkuri bendrovę ar sutinki sielos partnerį, jeigu įsivaizduoji, kaip tai atrodo, nuolatos spinduliuoji tam tikrą dažnį.

DR. JOE VITALE'IS

Mintys it magnetas išspinduliuoja signalą, kuris tuo pačiu keliu grįžta tau atgal.

„Vyraujanti mintis ar mąstysena yra magnetas, o dėsnis – panašus traukia panašų", taigi logiška, kad mąstymas nuolatos pritrauks tokias aplinkybes, kurios atitinka jo prigimtį."

Charlesas Haanelis (1866–1949)

Mintys yra magnetinės ir jos turi dažnį. Mąstant mintys siunčiamos į Visatą ir jos kaip magnetai pritraukia visus *panašius* dalykus, turinčius vienodą dažnį. Viskas, kas išsiunčiama, grįžta į šaltinį. O tas šaltinis esi Tu.

Įsivaizduok šitai taip: televizijos stotys perdavimo bokštais transliuoja tam tikru dažniu, o šis tavo televizoriuje virsta vaizdais. Dauguma mūsų ne itin suvokiame, kaip tai vyksta, tačiau žinome, kad kiekvienas kanalas turi savo dažnį, ir kai nustatome tą dažnį, savo televizoriuje matome paveikslėlius. Dažnį keičiame rinkdamiesi kanalus ir taip matome vaizdus, siunčiamus tuo kanalu. Kai norime išvysti kitokius vaizdus savo televizoriaus ekrane, perjungiame kanalą ir nustatome naują dažnį.

Tu esi *žmogiškasis* perdavimo bokštas ir esi galingesnis už bet kokį Žemėje esantį televizijos bokštą. Tu esi pats galingiausias perdavimo bokštas Visatoje. Tai, ką perduodi, kuria tavo gyvenimą, o šis – pasaulį. Tavo išspinduliuojamas dažnis sklinda per miestus, šalis, per visą pasaulį. Jis nuaidi per visą Visatą. Šį dažnį perduodi *savo mintimis*!

Vaizdai, kuriuos gauni perduodamas savo mintis, pasirodo ne televizoriaus ekrane tavo svetainėje – tie vaizdai yra tavo *gyvenimas*! Tavo mintys kuria dažnį, pritraukia *panašius* dalykus, turinčius tokį pat dažnį, ir tada grįžta atgal kaip tavo gyvenimo paveikslai. Jei nori ką nors pakeisti savo gyvenime, perjunk kanalą ir pakeisk dažnį ėmęs galvoti kitaip.

„Proto galių virpesiai yra subtiliausi ir todėl galingiausi iš visų esamų.“

Charlesas Haanelis

BOBAS PROCTORAS

Įsivaizduok, jog gyveni pertekliuje, ir tu jį pritrauksi. Tai galioja bet kuriam žmogui.

Jei galvosi gyvenąs pertekliuje, efektyviai, sąmoningai nulemsi savo gyvenimą per traukos dėsnį. Tai taip paprasta. Bet tada kils natūralus klausimas: „O kodėl visi negyvena savo svajonių gyvenimo?“

Pritraukti gerus dalykus vietoj blogų

JOHNAS ASSARAFAS

Čia problema. Daugelis žmonių galvoja apie tai, ko jie nenorėtų, o paskui stebisi, kodėl vis taip nutinka.

Vienintelė priežastis, kodėl žmonės neturi to, ko trokšta, yra ta, kad jie daugiau galvoja apie tai, ko *nenori*, nei apie tai, ko *nori*. Įsiklausyk į savo mintis ir į ištariamus žodžius. Dėsnis veikia visada, klaidų nebūna.

Epidemija, baisesnė už visas žmonijos patirtas nelaimes, siautėjo šimtmečiais. Toji epidemija vadinasi „nenoriu". Žmonės pakursto šią epidemiją nuolatos galvodami, kalbėdami, veikdami ir susitelkdami į tai, ko jie „nenori". Bet ši karta pakeis istoriją, nes mus pasiekė žinia, jog galime išsivaduoti iš šios epidemijos! Pradėjęs nuo savęs gali tapti šio naujosios minties judėjimo pradininku – tau tereikia mąstyti ir kalbėti apie tai, ko nori.

Bobas Doyle'is

Traukos dėsniui visai tas pats, ar tu kažką suvoki kaip gera ar kaip bloga, ar tu nori to, ar ne. Jis reaguoja į tavo mintis. Taigi jei galvoji apie daugybę skolų ir dėl to jautiesi nepavydėtinai, tu išspinduliuoji šį signalą į Visatą. „Jaučiuosi tikrai prastai, nes visa, ką turiu, – tai skolos." Tu tiesiog patvirtini tai sau. Tu jauti tai kiekviena savo ląstele. Štai kodėl tave užgrius dar daugiau skolų.

Traukos dėsnis – gamtos dėsnis. Jis beasmenis, jam nėra gerų ir blogų dalykų. Jis gauna tavo mintis ir atspindi jas kaip tavo gyvenimiškąjį patyrimą. Traukos dėsnis tiesiog suteikia viską, apie ką pagalvoji.

Lisa Nichols

Knygų autorė, patarėja asmens galių ugdymo klausimais

Traukos dėsnis išties klusnus. Kai galvoji apie tai, ko nori, ir sutelki į tai visas savo mintis, traukos dėsnis kaskart suteiks tau kaip tik tai, ko trokši. Kai sutelki mintis į tai, ko nenori („Nenoriu pavėluoti, nenoriu pavėluoti.“), traukos dėsnis negirdės, kad tu to nenori. Jis realizuoja tai, apie ką galvoji, todėl nuolat jausi jo veikimą. Traukos dėsnis nėra šališkas norams ar nenorams. Kai į ką nors susitelki mintimis, nesvarbu, kas tai būtų, tu tikrai tai prisikviesi.

Kai mintis sutelki į tai, ko nori, ir stengiesi jas išlaikyti, tą akimirką galingiausia jėga Visatoje kvietiesi tai, ko nori. Traukos dėsnis nekreipia dėmesio į „ne“, „nenoriu“ ir kitus neigiamuosius žodžius. Kai kalbi neiginiais, traukos dėsnis priima štai ką:

„Nenoriu ko nors užsipilti ant šių drabužių.“

„Noriu ką nors užsipilti ant šių drabužių.“

„Nenoriu, kad mane bjauriai nukirptų.“

„Noriu, kad mane bjauriai nukirptų.“

„Nenoriu užtrukti.“

„Noriu užtrukti.“

„Nenoriu, kad tas žmogus elgtųsi su manimi nemandagiai.“

„Noriu, kad tas žmogus elgtųsi su manimi nemandagiai.“

„Nenoriu, kad restoranas atiduotų mūsų staliuką kam nors kitam.“

„Noriu, kad restoranas atiduotų mūsų staliuką kam nors kitam.“

„Nenoriu, kad šie batai trintų kojas.“

„Noriu, kad šie batai trintų kojas.“

„Nesusidorosiu su šiuo darbu.“

„Noriu daugiau darbo, negu galiu susidoroti.“

„Nenoriu pasigauti gripo."

„Noriu susirgti gripu ir noriu pasigauti dar ką nors."

„Nenoriu ginčytis."

„Noriu daugiau ginčų."

„Nekalbėk su manim šitaip."

„Noriu, kad taip su manim kalbėtum, be to, noriu, kad ir kiti žmonės taip su manim kalbėtų."

Traukos dėsnis suteikia tai, apie ką galvoji, ir baigta!

BOBAS PROCTORAS

Traukos dėsnis visada veikia, nesvarbu, ar tiki tuo ir supranti jo veikimą, ar ne.

Traukos dėsnis – kūrimo dėsnis. Kvantinės fizikos specialistai tvirtina, kad visa Visata atsirado iš minties! Savo gyvenimą kuri savo mintimis ir traukos dėsniu, ir visi žmonės daro taip pat. Nėra taip, kad jis veiktų tik tada, kai žinai apie jį. Jis visada veikė tavo ir kiekvieno žmogaus gyvenime per visą istoriją. Kai *sužinai* apie šį puikų dėsnį, *sužinai*, koks neįtikėtinai galingas esi, nes gali IŠMĄSTYTI savo gyvenimą.

LISA NICHOLS

Jis veikia tiek, kiek tu galvoji. Bet kada, kai tik tavo mintys skrieja, traukos dėsnis veikia. Kai galvoji apie praeitį, traukos dėsnis veikia. Kai galvoji apie dabartį arba ateitį, traukos dėsnis vėlgi veikia. Tai nenutrūkstamas procesas. Tu nedarai pauzių, nesustoji. Tai nuolatinis vyksmas, nes tu visąlaik galvoji.

Suvokdami arba ne, mes mąstome didžiąją laiko dalį. Kai kalbi su kuo nors, galvoji. Kai skaitai laikraštį ar žiūri televizorių, galvoji. Kai prisimeni praeitį, galvoji. Kai planuoji ateitį, galvoji. Kai vairuoji, galvoji. Dauguma mūsų nemąstome tik tada, kai miegame, bet ir tada traukos jėgos toliau veikia atsiliepdamos į paskutines mūsų mintis prieš užmiegant. Pasistenk, kad paskutinės tavo mintys prieš užmiegant būtų geros.

MICHAELIS BERNARDAS BECKWITHAS

Kūrimas vyksta nuolat. Kiekvieną syk, kai žmogui šauna kokia nors mintis ar nuolatos apie ką nors galvoja, vyksta kūrybos procesas. Kas nors iš šitų minčių išsirutulios.

Tai, ką galvoji dabar, kuria tavo ateities gyvenimą. Savo gyvenimą kuri savo mintimis. Kadangi be perstojo galvoji, vadinasi, be paliovos kuri. Tai, apie ką daugiausia galvoji ir į ką labiausiai sutelki dėmesį, pasireikš tavo gyvenime.

Kaip ir kiti gamtos dėsniai, šis taip pat yra tobulas. Tu kuri savo gyvenimą. Ką pasėsi, tą ir pjausi! Tavo mintys yra sėklos, o derlius, kurį nuimsi, priklausys nuo pasėtos sėklos.

Jei skundiesi, traukos dėsnis pasistengs, kad tavo gyvenime būtų daugiau situacijų, kuriomis galėtum skųstis. Jei klausaisi kito žmogaus, kuris dėl ko nors skundžiasi, ir į tai sutelki savo dėmesį, susitapatini su juo, pritari jam, tai tuo metu pritrauki daugiau situacijų, kuriomis galėsi pats piktintis.

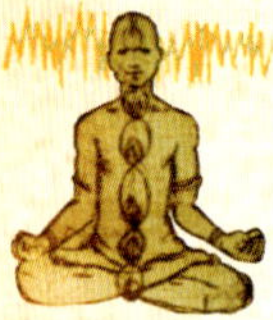

BILLAS HARRISAS

MOKYTOJAS, *CENTERPOINTE RESEARCH INSTITUTE* ĮKŪRĖJAS

Turėjau studentą, vardu Robertas, kuris internetu mokėsi mano dėstomo dalyko. Tai leido jam elektroniniu paštu susisiekti su manimi.

Robertas buvo gėjus. Savo laiškuose man jis papasakodavo visas savo gyvenimo detales. Jo darbe kolegos būrėsi prieš jį. Jis nuolatos patirdavo įtampą dėl jų bjauraus elgesio su juo. Kai eidavo gatve, prie jo kabinėjosi homofobiški žmonės, norėdami vienaip ar kitaip jį įskaudinti. Jis troško tapti stovinčiu komiku, bet kai sustodavo ir imdavo juokinti, visi pertraukinėdavo šaukdami, jog jis gėjus. Jo gyvenimas buvo siaubingas ir nelaimingas, ir visa tai, kas virė apie jį, buvo susiję su tuo, kad jis buvo gėjus.

Pradėjau jam aiškinti, kad jis susitelkia į tai, ko nenori. Persiunčiau jam jo laišką man ir pasakiau: „Darsyk jį perskaityk. Atkreipk dėmesį, jog tu rašai man apie tokius dalykus, kurių nenorėtum savo gyvenime. Galiu pasakyti, kad karščiuojiesi, o kai susitelki į ką nors taip ūmiai, viskas ima ir įvyksta dar greičiau!“

Išgirdęs apie koncentravimąsi į tai, ko visa širdimi trokšti, jis ėmė tai taikyti sau. Kas įvyko per kitas šešias aštuonias savaites, buvo tikras stebuklas. Visi įstaigoje jį erzinę žmonės arba buvo perkelti į kitą skyrių, arba išėjo iš kompanijos, arba tiesiog paliko jį ramybėje. Jis pamilo savo darbą. Kai eidavo gatve, niekas daugiau jo nebeerzindavo. Tų erzintojų tiesiog ten nebuvo. Kai sustojęs imdavosi komiko darbo, sulaukdavo plojimų ir niekas jo neįžeidinėjo!

Visas jo gyvenimas pasikeitė, nes jis nebesutelkdavo dėmesio į tai, ko nenori, ko bijo, ko norėtų išvengti, o pradėjo kreipti dėmesį į tai, ko trokšta.

Roberto gyvenimas pasikeitė, nes jis pakeitė savo mintis. Jis išleido kitokį dažnį į Visatą. Visata *privalo* pristatyti naujojo dažnio vaizdus, nesvarbu, kaip neįtikėtinai atrodytų situacija. Naujosios Roberto mintys tapo naujuoju jo dažniu, ir viso jo gyvenimo vaizdai pasikeitė.

Tavo gyvenimas tavo rankose. Kad ir kur dabar būtum, kad ir kas būtų tavo gyvenime nutikę, gali sąmoningai pasirinkti mintis ir keisti savo gyvenimą. Beviltiškų situacijų nebūna. Bet kokias savo gyvenimo aplinkybes gali pakeisti!

Tavo proto galia

MICHAELIS BERNARDAS BECKWITHAS

Sau pritrauki mintis, vyraujančias tavo sąmonėje, nesvarbu, sąmoningai, ar ne. Taip jau yra.

Nėra svarbu, ar praeityje suvokei savo mintis, svarbu, kad *dabar* imi suprasti. Štai dabar, žinodamas Paslaptį, bundi iš gilaus miego ir pradedi suprasti! Imi suvokti gautas žinias, suprasti dėsnį ir galią, slypinčią tavo mintyse.

DR. JOHNAS DEMARTINI

Gerai susipažinęs su Paslaptimi, sužinojęs apie minčių bei ketinimų galią mūsų kasdieniniame gyvenime, suprasi, kad viskas yra čia pat aplink mus. Tereikia atsimerkti ir pasižiūrėti.

LISA NICHOLS

Veikiantį traukos dėsnį gali pamatyti visur. Tu viską pritrauki sau. Žmones, darbą, aplinkybes, sveikatą, turtą, skolas, džiaugsmą, vairuojamą automobilį, bendruomenę, kurioje gyveni. Ir visa tai pritrauki nelyginant magnetas. Apie ką galvoji, tą ir turi. Visas tavo gyvenimas – tai tavo galvoje knibždančių minčių pasireiškimas.

Ši Visata įtraukia, o ne pašalina. Pro traukos dėsnį niekas neprasprūsta. Tavo gyvenimas – tai tavo galvoje įsitvirtinusių minčių veidrodis. Visos gyvos būtybės šiame pasaulyje funkcionuoja veikiamos traukos dėsnio. Žmonės išsiskiria tuo, jog turi protą, kuris geba įžiūrėti skirtumą. Jie gali laisva valia *pasirinkti* mintis. Žmonės turi galią tikslingai galvoti ir visą savo gyvenimą kurti vadovaudamiesi protu.

Dr. Fredas Alanas Wolfas

Kvantinės fizikos specialistas, lektorius, nacionalinės premijos laureatas

Nekalbu su tavimi žvelgdamas iš subjektyvaus mąstymo ar tariamos beprotystės pozicijų. Kalbu su tavimi giliau, suprasdamas esmę. Kvantinė fizika iš tikrųjų pastūmėja šio atradimo link. Ji sako, jog nebus Visatos be į ją įeinančio proto ir kad protas tikrai formuoja viską, kas buvo suvokta.

Jei prisimeni, kas buvo kalbėta apie tave kaip galingiausią perdavimo bokštą Visatoje, suprasi, kaip puikiai tai sutampa su dr. Wolfo žodžiais. Tavo protas mąsto mintis, o vaizdai perduodami atgal kaip tavo gyvenimo patirtis. Tu ne tik mintimis kuri savąjį gyvenimą, bet ir tavo mintys labai prisideda prie pasaulio kūrimo. Jei manei esąs nereikšmingas, silpnas šiame pasaulyje, darsyk pagalvok. Iš tikrųjų tavo protas *formuoja* pasaulį aplink tave.

Nuostabūs kvantinės fizikos specialistų darbai bei atradimai per pastaruosius aštuoniasdešimt metų leido mums geriau suvokti, kokia neįtikėtina žmogaus proto galia kurti. Jų darbai atliepia didžių žmonijos protų, tokių kaip Carnegie, Emersonas, Shakespeare'as, Baconas, Krishna ir Buddha, žodžius.

Bobas Proctoras

Jei nesupranti šio dėsnio, tai nereiškia, kad turėtum jį atmesti. Gali nesuvokti elektros, tačiau vis tik naudojiesi jos teikiamais privalumais. Aš nežinau, kaip ji veikia. Bet žinau štai ką: naudodamas elektrą gali išvirti pietus žmogui, taip pat ir patį žmogų!

MICHAELIS BERNARDAS BECKWITHAS

Dažnokai, kai žmonės ima suprasti Didžiąją Paslaptį, išsigąsta turimų negatyvių minčių. Jie turėtų žinoti, jog moksliškai įrodyta, kad teigiama mintis šimtus kartų galingesnė už neigiamą. Tai suvokus, iškart sumažėja nerimas.

Iš tiesų reikia daugybės negatyvių minčių ir nuolat neigiamai mąstyti, kad sukeltum ką nors neigiamo savo gyvenime. Taigi jei kurį laiką galvoje suksis vien neigiamos mintys, jos ir *realizuosis* tavo gyvenime. Jei jaudinsiesi dėl savo negatyvių minčių, pritrauksi dar daugiau tokių minčių, drauge jų ir padaugindamas. Dabar pat nuspręsk įsileisti tik geras mintis. Ir kartu pareikšk Visatai, jog visos geros tavo mintys yra stiprios, o neigiamos – silpnos.

LISA NICHOLS

Dėkok Dievui, kad yra laiko uždelsimas ir kad visos mintys neišsipildo tučtuojau. Jei taip nebūtų, atsidurtume bėdoje. Tai, kad laikas neskuba, padeda mums. Tai leidžia pervertinti, pergalvoti, ko nori, ir iš naujo pasirinkti.

Jau dabar turi galios pakeisti savo gyvenimą, nes šią akimirką galvoji. Jei buvo tokių minčių, kurios realizavusios neduotų naudos, tučtuojau pakeisk mąstymą. Ištrinti ankstesnes mintis gali pakeisdamas jas geromis mintimis. Laikas tiksi tavo naudai, nes *dabar* gali išmąstyti naujų minčių ir išspinduliuoti naują dažnį, ir tai padaryk *dabar*!

DR. JOE VITALE

Nori įsisąmoninti savo mintis ir kruopščiai jas pasirinkti, nori, jog tai teiktų džiaugsmo, nes juk pats esi savo gyvenimo šedevras. Pats esi savo gyvenimo Mikelandželas. Pats esi Dovydas, kurį lipdai.

Vienintelis būdas valdyti savo mintis – išmokti nuraminti savo protą. Visi mokytojai be išimties, kurie pasisako šioje knygoje, kasdien užsiima meditacija. Tik sužinojusi Paslaptį, supratau, kokia galinga gali būti meditacija. Ji nuramina protą, padeda valdyti mintis ir atgaivina kūną. Geriausia yra tai, kad nereikia sėdėti atsiskyrus ir medituoti valandų valandas. Pradžiai kasdien pakaks trijų–dešimties minučių, ir tai itin pagelbės kontruoliuojant mintis.

Kad suvoktum savo mintis, pasakyk sau: „Esu savo minčių šeimininkas." Kartok tai dažnai, medituok, o turėdamas tokią nuostatą, ir veikiant traukos dėsniui toks ir tapsi.

Žinios, kurias dabar tu gauni, padės sukurti puikiausią Tavo modelį. Toks tavo modelis gali egzistuoti, jei jo dažnis bus „puikiausias Tavo modelis". Nuspręsk, kuo nori būti, ką nori daryti, turėti, galvok apie tai, spinduliuok tą dažnį ir tavo vizija virs tikrove.

Paslapties santrauka

- *Didžioji Gyvenimo Paslaptis – tai traukos dėsnis.*
- *Traukos dėsnis reiškia, kad panašus traukia panašų, taigi galvodamas kokią nors mintį, pritrauki panašias mintis sau.*
- *Mintys yra magnetinės, be to, turi dažnį. Galvodamas kokias nors mintis, išsiunti jas į Visatą, ir jos kaip magnetai pritraukia panašaus dažnio dalykus. Viskas, kas išsiųsta, grįžta į šaltinį – į tave.*
- *Tu esi žmogiškasis perdavimo bokštas, savo mintimis perduodantis dažnį. Jei nori ką nors pakeisti savo gyvenime, pakeisk dažnį pakeisdamas savo mintis.*
- *Dabartinės tavo mintys kuria tavo ateitį. Tai, apie ką daugiausia galvoji ar į ką labiausiai susitelki, realizuojasi tavo gyvenime.*
- *Tavo mintys virsta tikrove.*

Paslapties paprastumas

MICHAELIS BERNARDAS BECKWITHAS

Gyvename Visatoje, kurioje veikia dėsniai, pavyzdžiui, gravitacijos dėsnis. Jei iškrisi iš pastato, nesvarbu ar esi geras, ar blogas žmogus, vis tiek nukrisi ant žemės.

Traukos dėsnis priklauso gamtos dėsniams. Jis nešališkas, beasmenis kaip ir gravitacijos dėsnis. Jis veikia tiksliai ir griežtai.

DR. JOE VITALE'IS

Viską, kas dabar tave supa gyvenime, įskaitant tai, dėl ko priekaištauji, pats pritraukei. Dabar jau numanau, kad viso to, ką pasakiau, tu nenori girdėti. Tuoj pat atkirsi: „Aš neprisišaukiau automobilio avarijos. Aš nepritraukiau šio aikštingo kliento, kuris taip apsunkina man gyvenimą. Ir juolab nepritraukiau skolų.“ Būsiu šiek tiek kandus ir pasakysiu, jog tikrai pritraukei. Tai suvokti sunkiausia, bet kai susitaikysi su tuo, gyvenimas ims keistis.

Dažnai žmonės, išgirdę visa tai, prisimena istorinius įvykius, kai žuvo begalės žmonių, ir jiems nesuvokiama, kaip tokia daugybė žmonių galėjo pritraukti sau tokį panašų įvykį. Pagal traukos dėsnį, jų dažnis turėjo sutapti su to įvykio dažniu. Tai visai nereiškia, kad jie galvojo apie tą konkretų įvykį, tačiau jų minčių dažnis atitiko įvykio dažnį. Jeigu žmonės tiki, jog gali atsidurti netinkamoje vietoje netinkamu laiku ir kad jie nepajėgūs valdyti aplinkybių, tada šios baimės, atsiskyrimo ir bejėgiškumo mintys, jei nesiliaus kankinti, nustums juos į netinkamą vietą netinkamu laiku.

Dabar gali rinktis. Ar nori tikėti, jog viską nulemia atsitiktinumas ir blogi dalykai gali nutikti bet kuriuo metu? Ar nori tikėti, kad gali atsidurti netinkamoje vietoje netinkamu laiku ir kad esi nepajėgus valdyti aplinkybių?

O gal nori tikėti ir *žinai*, kad tavo gyvenimas yra tavo rankose ir kad tik *geri* dalykai gali jame atsitikti, nes būtent taip tu galvoji? Gali rinktis, tačiau, kad ir ką pasirinktum galvoti, tai ir *taps* tavo gyvenimu.

Niekas nevirs tavo gyvenimiška patirtimi, jeigu neprišauksi to nuolatinėmis mintimis.

BOBAS DOYLE'IS

Dauguma mūsų įvairius dalykus pritraukiame nevalingai. Mes tiesiog manome, jog tai nuo mūsų nepriklauso. Mūsų mintys ir jausmai nustatyti autopiloto režimu, tad viską gauname savaime.

Niekas sąmoningai nepritrauktų to, ko netrokšta. Net ir nežinant Paslapties, lengva pastebėti, kaip nenorimi dalykai atsiranda tavo ar kitų žmonių gyvenime. Tai vyksta todėl, kad nepakankamai įvertiname didžią kūrybinę savo minčių galią.

DR. JOE VITALE'IS

Pirmąsyk tai išgirdus, gali pasirodyti: „Oho, tai ką – reikės kontroliuoti savo mintis? Bus daug darbo." Taip atrodys tik iš pradžių, bet čia ir prasideda visas įdomumas.

Įdomu tai, kad yra daugybė trumpų kelių į Paslaptį, ir tau teks pasirinkti, kuris labiausiai tinka. Skaityk toliau ir sužinosi, kaip tai padaryti.

MARCI SHIMOFF

KNYGŲ AUTORĖ, PASAULYJE ŽINOMA LEKTORĖ, ŽYMI TRANSFORMACIJOS SPECIALISTĖ

Neįmanoma kontroliuoti kiekvienos savo minties. Tyrinėtojų duomenimis, mus kasdien aplanko apie šešiasdešimt tūkstančių minčių. Ar gali įsivaizduoti, koks išsekęs pasijusi bandydamas suvaldyti tiek daug minčių? Laimei, yra lengvesnis būdas jas suvokti – jausmai. Mūsų jausmai atskleis, ką mąstome.

Nereikėtų sumenkinti jausmų svarbos. Jausmai yra puikus įrankis, padėsiantis susikurti gyvenimą. Mintys yra visa ko priežastis. Visa kita, ką matai ir patiri šiame pasaulyje, yra rezultatas, įskaitant jausmus. Priežastis visada yra mintys.

Bobas Doyle'is

Emocijos yra nepaprasta dovana. Jos padeda mums suprasti savo mintis.

Jausmai labai greitai pasako, ką mąstai. Jei staiga pasijutai negerai, pagalvok – galbūt išgirdai kokių blogų žinių. Tas jausmas pilve ar saulės rezginyje atsiranda tiesiog akimirksniu. Taigi jausmai yra betarpiškas ženklas, bylojantis apie tavo mintis. Tau reikia *žinoti* ir suprasti, ką jauti, nes tai greičiausias būdas sužinoti, ką galvoji.

Lisa Nichols

Yra dvi jausmų rūšys: geri jausmai ir blogi jausmai. Ir tu žinai, kuo jie skiriasi, nes vieni leidžia patirti teigiamas emocijas, o kiti neigiamas. Depresija, pyktis, apmaudas, kaltės jausmas – tai jausmai, kurie nesuteikia galios. Tai blogi jausmai.

Niekas nepasakys, gerai ar blogai jautiesi, nes tik tu vienas žinai, ką jauti. Jei nesi tikras dėl to, kaip jautiesi, paklausk savęs, kaip jautiesi. Gali ne kartą per dieną užduoti sau šį klausimą: taip geriau suprasi savo jausmus.

Svarbiausia, kad žinotum, jog neįmanoma tuo pat metu jaustis blogai ir turėti gerų minčių. Tai prieštarautų dėsniui, jog mintys sukelia jausmus. Jeigu blogai jautiesi, vadinasi, galvoje sukasi mintys, kurios *verčia* jaustis nekaip.

Tavo mintys nulemia tavo dažnį, ir jausmai nedelsdami parodo, koks tas dažnis yra. Kai blogai jautiesi, esi tokio dažnio, kuris pritraukia blogus dalykus. Traukos dėsnis *privalo* atsakyti, todėl tau grįžta daugiau blogybių, o tai trukdo jaustis gerai.

Kai blogai jautiesi ir nesistengi pakeisti savo minčių, kad pasijaustum geriau, tu iš tikrųjų sakai: „Atsiųskit man daugiau aplinkybių, kurios verstų mane jaustis blogai. Atsiųskit!"

LISA NICHOLS

Atsvara tam – geros emocijos, teigiami pojūčiai. Tu juk žinai, kada jie aplanko, nes tada jautiesi puikiai. Susižavėjimas, džiaugsmas, dėkingumas, meilė. Įsivaizduok, kas būtų, jei juos patirtume kasdien. Kai išgyveni teigiamas emocijas, pritrauki daugiau teigiamų jausmų ir dalykų, kurie sužadina gerus jausmus.

BOBAS DOYLE'IS

Tai juk taip paprasta. Paklausk savęs, ką dabar pritrauki, kaip jautiesi. Jei atsakysi: „Jaučiuosi puikiai", – nuostabu. Taip ir tęsk.

Neįmanoma gerai jaustis ir kartu negatyviai mąstyti. Gerai jautiesi, kai galvoji teigiamai. Taigi matai, gyvenime gali turėti viską, ko tik panorėsi – ribų nėra. Tačiau yra vienas „bet": Tu turi jaustis gerai. O gerai pagalvojus, argi tu ne to trokšti? Dėsnis iš tiesų tobulas.

Marci Shimoff

Jausdamasis gerai kuri savo norus atitinkančią ateitį. Jei jautiesi nekaip, kuri savo norams prieštaraujančią ateitį. Traukos dėsnis veikia kiekvieną gyvenimo akimirką. Viskas, ką mąstome ir jaučiame, kuria mūsų ateitį. Jei tau kas nors kelia nerimą ar ko nors baiminiesi, prisišauki daugiau panašių dalykų savo gyvenime.

Gerai jausdamasis tikrai galvosi tik geras mintis. Taigi būsi teisingame kelyje ir išspinduliuosi tokį dažnį, kuris pritrauks daugiau gerų dalykų, o šie padės tau gerai jaustis. Pačiupk tas akimirkas, kai gerai jautiesi, ir išnaudok jas. Žinok, jog gerai jausdamasis pritrauksi sau daugiau nuostabių dalykų.

Eime toliau. O gal tavieji jausmai – tai *Visatos* tau siunčiamos žinutės, kad žinotum, ką dabar mąstai?

Jackas Canfieldas

Mūsų jausmai – tai atgalinis ryšys. Jie praneša, ar einame teisingu keliu, teisinga kryptimi.

Ar prisimeni – tavo mintys yra visa ko pirminė priežastis. Taigi kai galvoje nuolatos sukasi kokia nors mintis, ji tuoj pat išsiunčiama į Visatą. Toji mintis kaip magnetas prisitraukia prie savęs *panašų* dažnį ir vos po kelių sekundžių, nuskaičiusi tą dažnį, grįžta jausmų pavidalu. Kitaip tariant, jausmai yra Visatos atsakas, parodantis, koks dabar yra tavo dažnis. *Jausmai yra atgal sugrįžusios tam tikro dažnio mintys!*

Kai patiri gerus jausmus, iš Visatos sulauki atsakymo: „Tavo galvoje sukasi geros mintys.“ O kai išgyveni ką nors nemalonaus, iš Visatos ateina toks pranešimas: „Tavo galvoje sukasi blogos mintys.“

Taigi blogi jausmai – Visatos siunčiamas pranešimas, kuriame iš tikrųjų sakoma: „Įspėjimas! Keisk savo mintis dabar. Fiksuojamas neigiamas dažnis. Keisk dažnį. Tai netruks pasireikšti. Įspėjimas!“

Kitąsyk, kai prastai jausiesi ir išgyvensi neigiamas emocijas, įsiklausyk į iš Visatos ateinantį signalą. Tuo metu savo neigiamu dažniu tu *neleidi* gėriui ateiti pas tave, todėl pakeisk mintis, pradėk galvoti apie ką nors gera, o kai pasijusi geriau, *žinosi*, jog taip yra dėl to, kad nustatei save nauju dažniu, – Visata tai patvirtino geresniais jausmais.

BOBAS DOYLE'IS

Gauni tai, ką jauti, o ne tai, apie ką galvoji.

Štai kodėl žmonės, jeigu lipdami iš lovos užsigauna pirštą, įsisuka į blogų įvykių virtinę. Ir taip prabėga visa diena. Jie nė nenutuokia, jog paprastas jausmų pasikeitimas gali pakeisti visą jų dieną, net visą gyvenimą.

Jei dieną pradėsi gerai ir jausies laimingas, jei neleisi kam nors sugadinti nuotaikos, veikiant traukos dėsniui pritrauksi vis daugiau situacijų ir žmonių, kurie palaikys tą laimės pojūtį.

Visiems yra pasitaikę tokių dienų, kai viskas slysta iš po kojų. Grandininė reakcija prasideda nuo *vienos* minties, ir nesvarbu, suvoki tai ar ne. Toji viena bloga mintis pritraukia kitas, dažnis nebesikeičia, kol galų gale kas nors nepasiseka. Atitinkamai reaguodamas į nesėkmę, pritrauki jų daugiau. Tam tikra reakcija tik pritraukia daugiau panašių dalykų, ir toks užburtas ratas suksis tol, kol sąmoningai mintimis nepakeisi dažnio.

Mintis galì pakeisti kaip tik panorėjęs, ir netrukus gausi patvirtinimą jausmais, jog jau pakeitei dažnį, o traukos dėsnis, pagavęs naują dažnį, atsiųs tau naują gyvenimo vaizdą.

Dabar pat gali pajungti savo jausmus ir jais užprogramuoti tai, ko nori savo gyvenime.

Tikslingai pasitelkęs savo jausmus, gali išspinduliuoti gerokai stipresnį dažnį, tik nepamiršk *pajusti* tai, ko nori.

MICHAELIS BERNARDAS BECKWITHAS

Jau dabar gali pasijusti sveikas. Gali pasijusti turtingas. Gali pajausti tave supančią meilę, net jei jos ir nėra. Ir Visata atsakys į tavo dainą. Visata atsakys į tavo vidinius jausmus ir pasireikš, nes tu taip jausiesi.

Tad kaip dabar jautiesi? Skirk keletą minučių pagalvoti apie tai, ką jauti. Jei nesijauti taip, kaip norėtum, pasistenk *išgyventi* savo jausmus ir sąmoningai juos praskaidrinti. Kai įdėmiai susitelksi į savo pojūčius ir stengsiesi nuvaikyti prastą nuotaiką, tikrai juos praskaidrinsi. Vienas iš būdų tai pasiekti – užsimerkti (atsiriboti nuo trukdžių), susitelkti į vidinius pojūčius ir kokią minutę šypsotis.

LISA NICHOLS

Tavo mintys ir jausmai kuria tavo gyvenimą. Taip visada bus. Ir ne kaip kitaip!

Kaip ir gravitacijos dėsnis, traukos dėsnis veikia be išlygų. Nebus taip, kad pamatysi skraidančius paršelius dėl to, jog gravitacijos dėsnis kurią nors dieną bus apsirikęs ir nustojęs veikti. Lygiai taip pat jokių išimčių nepripažįsta ir traukos dėsnis. Jei kas nors atsitiko tavo gyvenime, vadinasi, tu pritraukei tai savo nuolatinėmis mintimis. Traukos dėsnis veikia labai tiksliai.

MICHAELIS BERNARDAS BECKWITHAS

Tuo sunku patikėti, tačiau jei sugebėsime tai suvokti, rezultatai bus nuostabūs. O tai reiškia, kad nesvarbu, ką savo mintimis esame sukūrę, visa tai galima pakeisti pakeitus savo sąmonę.

Tu turi galios viską pakeisti, nes pats renkiesi savo mintis ir išgyveni savo jausmus.

„Tu pats kuri savo Visatą eidamas savo keliu."

Winstonas Churchillis

Dr. Joe Vitale'is

Išties svarbu jaustis gerai, nes šis gerumo pojūtis kaip signalas iškeliauja į Visatą ir ima pritraukti daugiau gerumo. Taigi kuo dažniau jausiesi gerai, tuo daugiau pritrauksi dalykų, leisiančių jaustis gerai ir kilti tarsi ant sparnų aukščiau ir aukščiau.

Bobas Proctoras

Ar žinai, kad kai nuotaika nekokia, gali ją akimirksniu pakeisti? Pasiklausyk gražios muzikos ar padainuok – tavo jausmai pasikeis. Arba pagalvok apie ką nors gražaus, pavyzdžiui, apie kūdikį ar ką nors, ką iš tikrųjų myli, ir pabūk toje būsenoje. Pasistenk išlaikyti tą mintį galvoje. Užblokuok viską, išskyrus tą mintį. Patikinu – pasijusi geriau.

Sudaryk „Paslaptingųjų keitiklių" sąrašą ir laikyk juos atsargoje. „Paslaptingaisiais keitikliais" vadinu tai, kas akimirksniu pakeistų tavo jausmus. Tai galėtų būti gražūs prisiminimai, ateities įvykiai, juokingos akimirkos, gamta, mylimas žmogus, mėgstama muzika. Taigi kai pasijusi piktas ar nusivylęs, ar bus tiesiog negera, prisimink savo „Paslaptingųjų keitiklių" sąrašą ir pasirink vieną. Kaskart reikės vis kitokių keitiklių, tad jei vienas nepadės, pabandyk kitą. Prireiks minutės ar dviejų dėmesiui sutelkti, kad pakeistum save ir savo dažnį.

Meilė – stipriausias jausmas

Jamesas Ray

Filosofas, lektorius, knygų autorius, Klestėjimo ir žmogiškojo potencialo programų kūrėjas

Geros savijautos pagrindas gali būti, pavyzdžiui, naminiai gyvūnėliai. Gyvūnai yra nuostabūs, nes padeda sukurti puikią nuotaiką. Kai jauti meilę savo gyvūnėliui, ta puiki meilės būsena įneša gėrio į tavo gyvenimą. O tai didžiulė dovana.

> „Minties ir meilės derinys taip veikia traukos dėsnį, kad jo galiai sunku atsispirti."
>
> *Charlesas Haanelis*

Visatoje nėra galingesnės jėgos už meilės galią. Meilės jausmas padeda išspinduliuoti aukščiausią dažnį. Jei kiekvieną mintį, kiekvieną žmogų ar daiktą apgaubtum meile, tavo gyvenimas pasikeistų.

Tiesą sakant, kai kurie didieji praeities mąstytojai traukos dėsnį prilygino meilės dėsniui. Ir jei gerai pagalvosi, suprasi kodėl. Jei apie ką nors galvosi negeranoriškai, *pats* pajusi šių minčių pasekmes. Savo mintimis kitiems nepakenksi, pakenksi sau. Jei galvosi su meile, spėk, kam iš to bus naudos? Tau! Taigi jeigu tavo pagrindinė būsena bus meilė, traukos, arba meilės, dėsnis veiks su didžiule jėga, nes tu būsi paties aukščiausio dažnio. Kuo stipresnę meilę jausi ir išspinduliuosi, tuo didesnes galias palenksi sau.

> „Traukos dėsnis, arba kitaip meilė, yra pagrindas, suteikiantis minčiai dinamiškos galios susisieti su savo objektu ir dėl to valdyti kiekvieną neigiamą patirtį. Šis amžinas ir svarbiausias principas galioja visiems daiktams, būdingas visoms filosofinėms sistemoms, visoms religijoms, visiems mokslams. Nuo meilės dėsnio nepabėgsi. Šis jausmas suteikia minčiai gyvastį. Jausmas yra noras, o noras yra meilė. Meilės persmelkta mintis neįveikiama."
>
> *Charlesas Haanelis*

Marci Shimoff

Kai pradėsi suvokti ir iš tikrųjų įvaldysi savo mintis bei jausmus, pamatysi, kaip pats kuri savo tikrovę. Čia tu esi laisvas ir galingas.

Marci Shimoff yra pacitavusi puikią Alberto Einšteino mintį: „Kiekviena gyva būtybė galėtų sau iškelti vieną svarbiausių klausimų: „Ar ši Visata yra draugiška?"

Žinant traukos dėsnį, tegalima atsakyti: „Taip, Visata yra draugiška." Kodėl? Nes jeigu taip atsakysi, veikiant traukos dėsniui tai ir patirsi. Albertas Einšteinas iškėlė šį klausimą, nes žinojo Paslaptį. Jis žinojo, kad taip klausdamas paskatins mus susimąstyti ir pasirinkti. Jis suteikė mums galimybę vien paklausdamas.

O kad persiimtum šia Einšteino mintimi dar labiau, gali tai patvirtindamas pareikšti: „Ši Visata nuostabi. Jis dovanoja man puikius dalykus. Ji visur su manimi veikia išvien. Ji remia mane visur, kad ir ką daryčiau. Ji tučtuojau patenkina mano reikmes." *Žinok* – ši Visata yra draugiška!

JACKAS CANFIELDAS

Sužinojęs Paslaptį, ėmiau ją taikyti savo gyvenime, ir jis iš tikrųjų tapo magiškas. Manau, jog tokį gyvenimą, apie kurį visi svajoja, aš gyvenu kasdien. Gyvenu puspenkto milijono dolerių vertės rūmuose. Turiu žmoną, dėl kurios galima numirti. Atostogauju nuostabiausiuose pasaulio kampeliuose. Kopiau į kalnus. Žvalgiausi po juos. Dalyvavau safaryje. Ir visa tai vyko ir vyksta todėl, kad žinau, kaip taikyti Paslaptį.

BOBAS PROCTORAS

Gyvenimas gali virsti tiesiog nepaprastu, o toks jis ir turėtų būti ir bus, kai pradėsi taikyti Paslaptį.

Tai *tavo* gyvenimas, ir jis laukia, kol tu jį atrasi! Iki pat dabar tikriausiai manei, kad gyvenimas sunkus, kad gyvenimas – kova, tad, pagal traukos dėsnį, tu ir gyvenai sunkų, į kovą panašų gyvenimą. Dabar pat išrėk į Visatą: „Gyvenimas toks lengvas! Gyvenimas toks puikus! Viskas, kas gera, nutinka man!"

Giliai tavyje glūdi tiesa, ir ji laukia, kol tu ją atrasi, o ši Tiesa yra tokia: *tu nusipelnai visų tų gerų dalykų, kuriuos siūlo gyvenimas.* Žinai tai iš prigimties, nes jautiesi siaubingai, kai tau ko nors stinga. Visa tai, kas geriausia, priklauso tau pagal prigimtinę teisę! Tu esi savęs kūrėjas, o traukos dėsnis yra puikus įrankis, padėsiantis gyvenime sukurti tai, ko panorėsi. Sveikas atvykęs į gyvenimo magiją, į savo paties nuostabumą!

Paslapties santrauka

- *Traukos dėsnis priklauso gamtos dėsniams. Jis nešališkas kaip ir gravitacijos dėsnis.*

- *Niekas nevirs tavo gyvenimiška patirtimi, jeigu neprisišauksi to nuolat apie tai galvodamas.*

- *Norėdamas sužinoti, ką galvoji, paklausk savęs, kaip jautiesi. Jausmai yra vertingas įrankis, akimirksniu atskleidžiantis mūsų mintis.*

- *Neįmanoma tuo pat metu jaustis blogai ir galvoti geras mintis.*

- *Tavo mintys nulemia tavo dažnį, o jausmai nedelsdami parodo, koks tas dažnis yra. Blogai jausdamasis esi tokio dažnio, kuris pritraukia blogus dalykus. Puikiai jausdamasis prisitrauki daugiau gerų dalykų.*

- *„Paslaptingieji keitikliai", pavyzdžiui, malonūs prisiminimai, gamta ar mėgstama muzika, gali tučtuojau pakeisti tavo jausmus bei esamą tavo dažnį.*

- *Meilės jausmas yra aukščiausias dažnis, kokį tik gali išspinduliuoti. Kuo stipriau jauti ir spinduliuoji meilę, tuo galingesnę jėgą pažaboji.*

Kaip naudotis Paslaptimi

Tu esi kūrėjas, o kurti pasitelkus traukos dėsnį yra paprasta. Didieji mokytojai ir pranašai įvairiais būdais dalijosi kūrybiniu procesu savo nuostabiuose darbuose. Kai kurie mokytojai sukūrė pasakojimų, parodančių, kaip veikia Visata. Pasakojimuose slypinti išmintis buvo perduodama šimtmečiais, kol tapdavo legenda. Dauguma žmonių šiandien nesuvokia, kad šių istorijų esmę sudaro tikrų tikriausia gyvenimo tiesa.

JAMESAS RAY

Prisiminkime Aladiną ir jo lempą. Aladinas paima lempą, nubraukia dulkes ir pasirodo Džinas. Džinas visada sako:

„Tavo noras – man įsakymas!“

Šiuolaikinėje istorijoje pasakojama apie tris norus, tačiau jei grįžtume prie jos ištakų, pamatytume, kad norai nebuvo ribojami niekaip.

Pagalvok apie tai.

Dabar šią metaforą pritaikykime savo gyvenime. Prisimink – būtent Aladinas visą laiką prašo to, ko nori. Visa tai bendrąja prasme – tai Džinas. Tradiciškai jis vadintas daugybe vardų – tavo šventuoju angelu sargu, tavo aukštesniuoju Aš. Galime įvairiais vardais vadinti, o tu išsirink labiausiai patinkantį. Visose tradicijose buvo teigiama, jog tai yra kažkas didesnis už mus. Džinas vis sako tą patį:

„Tavo noras – man įsakymas!“

Ši nuostabi istorija parodo, kaip savo gyvenimą ir visa, kas jame vyksta, kuri Tu pats. Džinas tik vykdo tavo įsakymus. Džinas – tai traukos dėsnis ir jis visada veikia, visada klauso, ką galvoji, kalbi ir darai. Džinui atrodo, kad nori viso to, apie ką galvoji! Kad nori viso to, apie ką kalbi! Kad nori viso to, ką darai! Tu esi Visatos šeimininkas, ir Džinas turi tarnauti tau. Džinas niekada neprieštarauja tavo įsakymams. Tu ką nors pagalvoji, ir Džinas akimirksniu ima veikti Visatą per žmones, aplinkybes, įvykius ir šitaip išpildo tavo norą.

Kūrybinis procesas

Paslaptyje pasitelktas kūrybinis procesas, paimtas iš Naujojo Testamento, yra puikios gairės, kaip susikurti tai, ko trokšti, trimis paprastais žingsniais.

Pirmasis žingsnis – paprašyk

LISA NICHOLS

Pirmasis žingsnis – paprašyk. Pareikalauk ko nors iš Visatos. Pranešk Visatai, ko nori, ir Visata atsilieps į tavo mintis.

BOBAS PROCTORAS

Ko iš tikrųjų nori? Atsisėsk ir ant popieriaus lapo surašyk. Užrašyk tai esamuoju laiku. Gali pradėti rašyti taip: „Dabar esu toks laimingas ir dėkingas už...“ O tada parašyk, ko norėtum visose gyvenimo srityse.

Teks pasirinkti norus, bet turi išsiaiškinti, ko nori. Tai tavo užduotis. Jei tau neaišku, traukos dėsnis neatneš tau to, ko nori. Išsiuntęs neapibrėžtą dažnį, pritrauksi tik neapibrėžtus rezultatus. Galbūt pirmąsyk gyvenime išsiaiškink, ko iš tiesų trokšti. Ko norėtum dabar, kai jau žinai, kad gali turėti ir daryti bet ką, kad gali būti bet kuo, kad nėra jokių ribų tavo norams.

Prašymas yra pirmasis žingsnis kūrybiniame procese, tad įprask prašyti. Jeigu turi apsispręsti ir nežinai, kuriuo keliu eiti, prašyk! Gyvenime tavęs niekas neturėtų sugluminti. Tiesiog prašyk!

DR. JOE VITALE'IS

Tai iš tiesų smagu. Tarsi Visata virstų tavo katalogu. Greitai jį perbėgi akimis ir sakai: „Norėčiau tai patirti, norėčiau ano produkto, norėčiau būti su žmogumi kaip šis." Būtent tu siunti Visatai užsakymą. Tai taip paprasta.

Nereikia ištisai prašyti. Prašyk kartą. Tai lygiai tas pats, kaip ką nors užsakyti iš katalogo. Tereikia užsakyti kartą. Nereikia užsakius imti abejoti, ar užsakymas gautas, ir užsakinėti iš naujo. Pakanka karto. Lygiai taip pat ir kūrybiniame procese. Pirmiausia reikia išsiaiškinti, ko nori. Kai tai aiškiai suvoksi, paprašyk.

Antrasis žingsnis – tikėk

LISA NICHOLS

Antrasis žingsnis – tikėk. Tikėk, kad jau turi. Reikia, kaip aš tai įvardiju, nesvyruojančio tikėjimo. Tikėjimas yra nematomas.

Turi tikėti, kad jau gavai. Turi žinoti, jog tai, ko nori, jau yra tavo tą akimirką, kai prašai. Reikia visiško tikėjimo. Juk kai ką nors užsisakai iš katalogo, atsipalaiduoji ir žinai, kad gausi tai, ir toliau gyveni savo gyvenimą.

> „Įsivaizduok, kad tai, ko nori, jau yra tavo. Žinok, kad prireikus tai gausi. Tegu tai įvyksta. Nesikrimsk ir nesinervink dėl to. Negalvok, jog tau to trūksta. Galvok apie tai, ko nori, kaip apie tau priklausančius daiktus, tarsi jie jau būtų tavo nuosavybė."
>
> *Robertas Collieras* (1885–1950)

Tą akimirką, kai prašai, *tiki* ir *žinai,* jog jau turi tai, nors ir nematoma, visa Visata ima keistis, kad tai taptų matoma. Turi veikti, kalbėti, galvoti, tarytum gautum tai *dabar*. Kodėl? Visata yra veidrodis, o traukos dėsnis atspindi tavo vyraujančias mintis. Tad argi nelogiška matyti save gaunantį tai, ko nori? Jei mintys fiksuoja, jog tu dar neturi ko nors, to ir neturėsi. Privalai tikėti jau turįs. Privalai tikėti, kad jau gavai. Turi išspinduliuoti pojūčio, kad jau turi, dažnį, turi tuos vaizdus paversti savo gyvenimu. Jeigu taip darysi, traukos dėsnis su visa jėga išjudins aplinkybes, žmones ir įvykius, kad tik tu gautum.

Išsipirkdamas atostogų kelialapį, įsigydamas naujutėlaitį automobilį ar namą, žinai, kad tai priklauso tau. Juk tuo pat metu neisi rezervuoti kitos vietos atostogoms, pirkti kito automobilio ar namo. Laimėjęs loterijoje ar gavęs didelį palikimą, dar nelaikydamas pinigų rankose žinai, kad jie tavo. Tai yra tikėjimas, kad jau turi. Pojūtis, kad jau gavai. Pajausk tai, ko nori, ir tikėk, kad tai jau tavo. Taip darant traukos dėsnis išjudins aplinkybes, žmones ir įvykius, kad gautum tai, ko trokšti.

Kaip pasiekti tą visiško tikėjimo būseną? Įtikėk. Būk it vaikas ir apsimesk. Elkis, tarsi jau turėtum tai. Apsimesdamas, jog tiki, *įtikėsi*, jog jau gavai. Džinas atsiliepia į vyraujančias mintis visą laiką, o ne tik tada, kai prašai. Štai kodėl paprašęs turi *tikėti* ir *žinoti*. Tikėk. Tikėjimas, kad turi tai, ko nori, šis neblėstantis tikėjimas, yra didžiausia tavo galia. Jei tikėsi gaunąs, netruksi išvysti beprasidedančią magiją!

> „Turėsi tai, ko trokšti, jei tik žinosi, kaip tam parengti dirvą savo mintyse. Nėra svajonės, kuri negalėtų išsipildyti, kai išmoksti naudotis kūrybinėmis galiomis, kurios veikia per tave. Metodai, tinkantys vienam, tiks ir visiems. Įgysi galios, jei naudosies tuo, ką turi <…> laisvai, visomis jėgomis <…> – tokiu būdu plačiai atversi savo kanalus, kad per tave pratekėtų kuo daugiau kūrybinių galių.“

Robertas Collieras

DR. JOE VITALE'IS

Visata ims persitvarkyti, kad išpildytų tavo norą.

JACKAS CANFIELDAS

Dauguma iš mūsų niekada neleidome sau norėti to, ko iš tikrųjų trokštame, nes neįsivaizduojame, kaip tai galėtų realizuotis.

Bobas Proctoras

Jei atliktum nors mažytį tyrimą, būtų akivaizdu, jog tie, kurie kada nors ką nors pasiekė, nežinojo, kaip tai padarys. Jie žinojo tik tai, kad šitai darys.

Dr. Joe Vitale'is

Tau nereikia žinoti, kaip tai įvyks. Tau nereikia žinoti, kaip Visata persitvarkys.

Kaip tai nutiks, *kaip* Visata atneš tau tai, ko nori, nėra tavo rūpestis. Tegu Visata daro tai dėl tavęs. Kai stengiesi suprasti, *kaip* tai įvyks, spinduliuoji dažnį, kuriam trūksta tikėjimo, t. y. tu netiki, kad jau tai turi. Tau atrodo, jog *pats* turi viską atlikti, ir netiki, kad Visata tai padarys dėl tavęs. Klausimas „kaip“ neturėtų tau rūpėti kūrybiniame procese.

Bobas Proctoras

Nors nenutuoki kaip, tau tai bus atskleista.

Lisa Nichols

Dažniausiai nematydami to, ko prašėme, sutrinkame. Nusiviliame. Imame abejoti. Abejonės sukelia nusivylimo jausmą. Pašalink abejones. Atpažink tą jausmą ir pakeisk jį tvirtu tikėjimu: „Žinau, jog greitai to sulauksiu.“

Trečiasis žingsnis – gauk

LISA NICHOLS

Trečiasis ir paskutinis žingsnis kūrybiniame procese – gauk. Jauskis kuo puikiausiai. Pajusk, ką išgyventum, sulaukęs to, ko trokšti. Pajusk tai dabar.

MARCI SHIMOFF

Šiame procese svarbu jaustis gerai ir būti laimingam, nes jaučiantis gerai tavo išspinduliuojamas dažnis sutampa su trokštamų dalykų dažniu.

MICHAELIS BERNARDAS BECKWITHAS

Tai Visatos jautimas. Jei vien protu kuo nors tiki, bet nepatiri atitinkamų jausmų, nebūtinai turėsi tiek galios, kad tavo gyvenime atsirastų tai, ko trokšti. Reikia pajausti.

Kartą ko nors paprašęs, tikėk, jog jau gavai, ir tau teliks jaustis gerai, kad gautum. Išgyvendamas tokius jausmus esi gavimo dažnio. Tai toks dažnis, kai tau atkeliauja visi geri dalykai, taigi tu gausi tai, ko prašei. Juk neprašysi to, kas neleistų tau pasijusti gerai? Tad būk geros savijautos dažnio ir sulauksi, ko trokšti.

Greičiausias būdas pagauti tokį dažnį – pasakyti sau: „Aš gaunu dabar. Visa, kas gera, ateina į mano gyvenimą dabar. Aš gaunu [įrašyk savo norą] dabar." *Pajausk* tai. *Jauskis* taip, tarytum jau būtum tai gavęs.

Mano brangioji draugė Marcy bene geriausiai tai iliustruoja – ji *jaučia* viską. Ji *jaučia,* kaip būtų, jei jau turėtų tai, ko prašo. Viskas, ką ji *jaučia,* yra tikra. Ji nekelia klausimų kaip, kada ir kur, ji tiesiog *jaučia,* o tada jos norai išsipildo.

Taigi *jauskis gerai* dabar.

Bobas Proctoras

Kai fantaziją paverti tikrove, imi kurti vis didesnes ir didesnes fantazijas. O tai, mano drauge, ir yra kūrybinis procesas.

„Visa, ko tikėdami melsite, – gausite."

Matas 21:22

„Ko tik melsdamiesi prašote, tikėkite gausią, ir tikrai taip bus."

Morkus 11:24

Bobas Doyle'is

Traukos dėsnis, jo tyrinėjimas ir pritaikymas praktikoje reikalingi, kad išsiaiškintum, kas galėtų padėti sukurti jausmą, jog dabar turi tai, ko trokšti. Eik ir išbandyk automobilį. Eik pirkti daiktų savo namui. Įsikelk į jį. Daryk bet ką, kas padėtų atsirasti jausmui, jog turi dabar, ir įsimink jį. Viskas, ką gali atlikti, padės pritraukti trokštamus dalykus.

Kai *jautiesi* taip, tarsi tai jau turėtum dabar, ir tas jausmas toks tikras, jog patiki tai jau gavęs, tada iš tikrųjų ir gausi.

BOBAS DOYLE'IS

Gali būti taip, kad prabusi ir tai, ko trokšti, bus tiesiog čia. Tai jau bus atsiradę. Arba ateis geniali mintis, kokių veiksmų imtis. Tu, žinoma, nepasakysi: „Ką gi, galėčiau taip daryti, bet, o varge, kaip nenorėčiau!" Jei taip galvosi, nebūsi teisingame kelyje.

Kartais teks imtis veiksmų, tačiau jei tikrai eisi išvien su Visata, šie veiksmai suteiks tau tik džiaugsmą. Jausies gyvybingas. Laikas tiesiog sustos. Galėsi tai daryti ištisą dieną.

Veiksmas kai kuriems žmonėms asocijuojasi su darbu, tačiau su užsidegimu atliekamas veiksmas visiškai neprimins darbo. Skirtumas tarp veiksmo, atliekamo su užsidegimu, ir šiaip veiksmo yra toks: su užsidegimu veiki tada, kai nori ką nors gauti. Jei savo veiksmais tik bandai ką įgyvendinti, šliūžteli atgal. Veiksmas, atliekamas su užsidegimu, nereikalauja pastangų; jį atlikdamas jautiesi nuostabiai, nes esi gavimo dažnio.

Įsivaizduok gyvenimą kaip sraunią upę. Jei veiksi norėdamas ką nors įgyvendinti, jausiesi tarytum irdamasis prieš srovę. Bus sunku ir tai panėšės į kovą. Bet jei imsiesi veiksmų, kad gautum iš Visatos tai, ko trokšti, jausiesi tarsi plaukdamas pasroviui. Nereikės jokių pastangų. Toks tad veikimo su užsidegimu, plaukimo kartu su Visata ir gyvenimu jausmas.

Kartais nė nepastebėsi, jog ką nors *veikei*, kol gavai, ko norėjai, nes užsiimdamas ta veikla jauteisi tiesiog puikiai. Tada atsigręši ir išvysi stebuklą, matricą, kuria Visata nunešė tave į tai, ko troškai, ir atnešė tau tai, ko troškai.

Dr. Joe Vitale'is

Visata mėgsta greitį. Neatidėliok. Nespėliok kelissyk. Neabejok. Kai atsiveria galimybė, kai pajunti impulsą, kai ragina intuicija, veik. Toks tavo uždavinys. Ir tik tai turi daryti.

Pasikliauk savo instinktais. Tai Visata siunčia tau įkvėpimą. Tai Visata bendrauja su tavimi gaunančiuoju dažniu. Jei ką nors intuityviai ar instinktyviai jauti, eik tuo keliu ir pamatysi, kad Visata kaip magnetas veikia tave, kad gautum, ko esi prašęs.

Bobas Proctoras

Pritrauksi viską, ko tau reikia. Jei reikia pinigų, pritrauksi pinigus. Jei reikia konkrečių žmonių, pritrauksi juos. Jei reikia kokios nors knygos, pritrauksi ją. Turi susitelkti į tai, ką nori pritraukti, nes matydamas vaizdus to, ko trokšti, pritrauksi tuos dalykus sau ir jie trauks tave prie savęs. Tai materializuosis su tavimi ir per tave. Ir viskas vyks pagal dėsnį.

Prisimink, jog esi magnetas, viską traukiantis prie savęs. Kai mintyse aiškiai suvoki savuosius norus, tampi magnetas, traukiantis tuos dalykus prie savęs, o tie tavo trokštami dalykai savo ruožtu traukiasi prie tavęs. Kuo daugiau praktikuosies ir stebėsi, kaip traukos dėsnis atneša tau tai, ko nori, tuo didesnis magnetas tapsi, nes pridėsi tikėjimo ir žinojimo galios.

MICHAELIS BERNARDAS BECKWITHAS

Gali pradėti nieko neturėdamas, ir iš to nieko neturėjimo, iš kelio nebuvimo atsiras kelias.

Svarbiausia tau – tai Tu pats ir tavo gebėjimas mąstyti taip, kad trokštami dalykai virstų tikrove. Viskas, kas išrasta ir sukurta per žmonijos istoriją, prasidėjo nuo vienos minties. Iš tos vienos minties buvo sukurtas kelias, ir jis iš nematomo virto matomu.

JACKAS CANFIELDAS

Įsivaizduok naktį važiuojantį automobilį. Šviesos apšviečia nuo šimto iki dviejų šimtų pėdų į priekį. Bet tu gali tamsoje įveikti atstumą nuo Kalifornijos iki Niujorko, nes tau užtenka priekyje matyti vos du šimtus pėdų. Lygiai taip prieš mus atsiveria gyvenimas. Jei tikėsi, jog greitai bus nušviestos kitos du šimtai pėdų, o po to dar du šimtai, tavo gyvenimas ims skleistis. Ir galų gale tu pasieksi trokštamą tikslą, nes toks bus tavo noras.

Pasitikėk Visata. Tikėk ir pasikliauk. Visiškai nenutuokiau, kaip žinias apie Paslaptį perkelsiu į filmą. Aš tiesiog susitelkiau į rezultatą, kurį aiškiai mačiau savo mintyse ir jaučiau visa savo esybe, ir viskas, ko mums reikėjo „Paslapčiai“ sukurti, pasiekė mus.

> „Ženk pirmąjį žingsnį į tikėjimą. Tau nereikia matyti visų laiptų. Tiesiog ženk pirmąjį žingsnį.“

Dr. Martinas Lutheris Kingas jaunesnysis (1929–1968)

Paslaptis ir tavo kūnas

Pasiaiškinkime, kaip pasitelkti kūrybinį procesą tiems, kurie jaučiasi turintys per daug svorio ir nori jo netekti.

Pirmiausia reikia žinoti, kad susitelkdamas į svorio metimą pritrauksi mintis, kad turi numesti dar daugiau svorio. Taigi išmesk iš galvos svorio metimą. Štai kodėl dietos neveiksmingos. Susitelkdamas į svorio metimą pritrauksi situacijas, kai nuolatos reikės mesti svorį.

Antra, ką reikėtų žinoti: viršsvoris sukuriamas mintimis. Paprastai sakant, jei kas nors yra nutukęs, šitai yra įvykę dėl to, kad galvoje sukosi „riebios mintys“, ir nesvarbu, tas žmogus suvokė tai ar ne. Tai visiškai paklūsta traukos dėsniui.

Galbūt žmogui buvo pasakyta, kad jo skydliaukės funkcija sutrikusi, kad lėta medžiagų apykaita, kad paveldėjo tokį svorį, bet vis tiek už viso šito slepiasi „riebios mintys“. Jei pritaikysi sau tai, kas sakoma, jei tuo patikėsi, imsi be paliovos traukti nutukimo būseną.

Pagimdžiusi dvi dukras, buvau apkūni ir žinau, kad taip atsitiko todėl, kad buvau girdėjusi ir skaičiusi, kaip sunku numesti svorį pagimdžius kūdikį, o dar sunkiau – susilaukus antrojo. Žinoma, aš prisišaukiau tas „riebias mintis“, ir tai tapo mano gyvenimu. Aš tikrai pasitaisiau ir kuo labiau tai pastebėdavau, tuo labiau tukau. Ir ką gi – svėriau gerus 58 kilogramus, ir tik dėl to, kad mąsčiau „riebias mintis“.

Paprastai žmonės mano, ir aš taip pat maniau, kad maistas – vienintelis antsvorio šaltinis. Šis įsitikinimas tikrai nepadeda, ir dabar man atrodo – nieko vertas! Maistas su svorio augimu neturi nieko bendra. Tai mintys, kad maistas yra vienintelis kaltininkas, prideda kilogramų. Atmink, kad mintys yra visa ko pirminė priežastis, o visa kita – minčių rezultatas. Mąstyk tobulas mintis ir rezultatas bus – idealus svoris.

Atsikratykime mus ribojančių minčių. Maistas negali pridėti papildomų kilogramų, nebent *manytume* priešingai.

Idealus svoris yra toks, kuris leidžia *jaustis* gerai. Ir čia visai nesvarbi kitų nuomonė. Svarbu, kad svoris leistų *jaustis* gerai.

Tikriausiai pažįsti liekną žmogų, kuris valgo kaip už keturis. Jis išdidžiai skelbia: „Galiu valgyti, ką tik noriu, ir išlaikyti idealų svorį." Tokiu atveju Visatos Džinas skelbia: „Tavo noras – man įsakymas!"

Jei pasitelkdamas kūrybinį procesą nori prisitraukti idealų svorį ir kūną, ženk šiuos tris žingnius.

Pirmasis žingsnis – prašyk

Apsispręsk, kiek norėtum sverti. Mintyse įsivaizduok, kaip atrodysi pasiekęs idealų svorį. Jei jau įsivaizduoji, koks būsi idealaus svorio, dažnai tai prisimink. Jei dar neįsivaizduoji, gauk norimo turėti kūno nuotraukų ir dažnai į jas pažiūrėk.

Antrasis žingsnis – tikėk

Privalai tikėti, kad tau pasiseks ir kad idealų svorį tikrai pasieksi. Reikia įsivaizduoti, apsimesti, elgtis taip, lyg jau būtum jį pasiekęs. Privalai matyti save idealaus svorio.

Užsirašyk savo idealų svorį ir pažymėk jį ant svarstyklių rodmens, arba visai nesisverk. To, ko užsiprašei, nepaneik savo mintimis, žodžiais ir veiksmais. Nebepirk dabar tau tinkančių drabužių. Tikėk ir galvok tik apie rūbus, kuriuos įsigysi sulieknėjęs. Idealaus svorio traukimas tolygus užsakymui iš Visatos katalogo. Peržvelgęs katalogą, pasirenki idealų svorį, užsisakai, ir tada jis tau pristatomas.

Ieškok tokių žmonių, kurie atitinka tavo svorio idealą, žavėkis jais, viduje girk juos. Surask juos ir jais žavėdamasis patirk buvimo tokiu jausmą – taip prišauksi jų svorį sau. Pamatęs nutukusį žmogų, nekreipk į jį dėmesio. Akimirksniu įsivaizduok save idealaus kūno sudėjimo ir *pajausk* tai.

Trečiasis žingsnis – gauk

Turi jaustis gerai. Turi sau patikti. Tai svarbu, nes nepritrauksi idealaus svorio, jei būsi blogos nuomonės apie dabartinį savo kūną. Jei nemėgsi savo dabartinio kūno – o tai yra stiprus jausmas, – imsi dar labiau jo nemėgti. Niekada nepakeisi savo kūno jį kritikuodamas ir jausdamasis dėl jo kaltas. Tiesą pasakius, taip tik pritrauksi dar daugiau antsvorio. Girk ir laimink kiekvieną savo kūno centimetrą. Galvok apie visa tai, ką turi gero ir gražaus. Jei tavo galvoje suksis mintys apie tobulumą, jei pats sau patiksi, būsi idealaus svorio dažnio ir prisikviesi tobulybę.

Wallace'as Wattlesas vienoje savo knygų davė nuostabų patarimą, susijusį su valgymu. Jis patarė atkreipti dėmesį, ar valgydami būname visiškai susitelkę į maisto kramtymą, ar protas būna dabartyje ir ar išgyvename maisto valgymo pojūtį. Neleisk savo protui nuklysti kur nors kitur. Būk su savo kūnu dabartyje ir mėgaukis maisto kramtymo bei rijimo pojūčiais burnoje. Išbandyk tai kitąsyk valgydamas. Jei valgydamas būsi tik dabartyje, maisto skonis bus intensyvus ir nuostabus, bet jei leisi protui klaidžioti, skonis iš esmės išnyks. Esu įsitikinusi: jeigu valgysime susitelkę į dabartį ir mėgausimės malonia patirtimi, kūnas puikiai pasisavins maistą ir rezultatas *tikrai* bus puikus.

Kalbant apie mano svorio istoriją, galiu pasakyti, kad dabar išlaikau idealų 47,5 kilogramų svorį, o valgau viską, ko širdis geidžia. Tad galvok tik apie savo idealų svorį!

Kiek reikės laiko

DR. JOE VITALE'IS

Žmonės dažnai klausinėja, kiek reikės laiko, kad atsirastų automobilis, pinigai, kad užsimegztų nauji santykiai. Neturiu taisyklių rinkinio, kuriame būtų nurodyta, kad tam reikės trisdešimt minučių, o tam – trijų ar trisdešimt dienų. Tai daugiau priklauso nuo tavo vieningumo su Visata.

Einšteinas yra sakęs, kad laikas tėra iliuzija. Pirmąkart tai išgirdus galbūt bus sunku suvokti, nes matome, kad įvykiai vyksta vienas po kito. Kvantinės fizikos specialistai ir Einšteinas teigia, jog viskas vyksta vienu metu. Jei pajėgi suvokti, kad laiko nėra, ir tau priimtina tokia samprata, pamatysi, kad visa tai, ko trokšti ateityje, jau egzistuoja. Jei viskas vyksta vienu metu, vadinasi, *jau* egzistuoji ir tu, turintis tai, ko trokšti!

Visatai nereikia laiko, kad įgyvendintų tai, ko trokšti. Tu pats gaišini laiką, nes niekaip negali patikėti, suprasti ir pajusti, kad tai jau turi. Kitaip tariant, tu pats turi savo dažnį prilyginti noro dažniui. Kai jau būsi to dažnio, tavo noras išsipildys.

Bobas Doyle'is

Dydis Visatai nieko nereiškia. Moksliniu požiūriu pritraukti tai, kas mums atrodo didelis, nė kiek ne sunkiau, nei pritraukti tai, kas mums atrodo be galo menka.

Visata viską atlieka be pastangų. Žolė nesistengia užaugti. Ji tiesiog auga, nes viskas puikiai suplanuota.

Tai susiję su tuo, kas vyksta tavo prote. Mes sustatome viską į vietas sakydami: „Tai ne taip paprasta. Šiek tiek užtruks.“ Arba: „Tai mažmožis. Duodu valandą.“ Mes patys sukuriame taisykles. Visata tokių taisyklių neturi. Jei jausies tarsi visa, ko trokšti, turi dabar, tai ir gausi, kad ir koks būtų noras.

Visatai nesvarbu nei laikas, nei dydis. Pritraukti vieną dolerį yra taip pat lengva kaip ir milijoną. Procesas toks pat. Vienintelė priežastis, kodėl viena pritraukiama greičiau, o kita lėčiau, yra ta, kad dažnai manoma, jog milijonas dolerių yra didžiuliai pinigai, o vienas doleris – maži.

Bobas Doyle'is

Kai kuriems žmonėms labiau sekasi pritraukti mažesnius dalykus, tad kartais patariame pradėti nuo ko nors nedidelio, tarkim, puodelio kavos. Taigi šiandien pasistenk prisitraukti kavos puodelį.

Bobas Proctoras

Įsivaizduok save kalbantį su senu draugu, kurio ilgai nesi matęs. Pamatysi, netikėtai kas nors ims su tavimi kalbėti apie tą žmogų, ir netrukus tas žmogus tau paskambins ar gausi iš jo laišką.

Jeigu pradėsi nuo mažų dalykų, akivaizdžiausiai pamatysi, kaip veikia traukos dėsnis. Papasakosiu jauno vyriškio, kuris taip ir pasielgė, istoriją. Jis pažiūrėjo filmą „Paslaptis" ir nusprendė pradėti nuo ko nors nereikšmingo.

Savo mintyse jis įsivaizdavo plunksną ir buvo tikras, kad ta plunksna yra unikali. Ant plunksnos jis išraižė tam tikrus ženklus, kad ją pamatęs be jokių abejonių atpažintų ir žinotų, jog ji atsirado jam tikslingai pasinaudojus traukos dėsniu.

Po dviejų dienų jis jau buvo bežengiąs į vieną Niujorko dangoraižį. Neaišku kodėl, bet jis tiesiog žvilgtelėjo žemyn. Prie jo kojų, prie įėjimo į Niujorko dangoraižį, gulėjo plunksna! Ne šiaip plunksna, o būtent tokia, kokią ją įsivaizdavo! Ji buvo lygiai tokia pati, kokią jis buvo susikūręs mintyse, netgi su visais neįprastais ženklais. Tą akimirką jis suprato ir nė kiek dėl to nesuabejojo, jog šitaip visu gražumu atsiskleidė traukos dėsnis. Jis suvokė turįs nuostabų gebėjimą ir galią, pasitelkęs protą, prisitraukti tai, ko trokšta. Kupinas tikėjimo, jis ėmė siekti daug didesnių dalykų.

DAVIDAS SCHIRMERIS

INSTRUKTORIUS INVESTAVIMO KLAUSIMAIS, MOKYTOJAS, TURTO SPECIALISTAS

Žmonės stebisi, kaip nesunkiai randu vietą automobiliui pasistatyti. Pradėjau tai daryti vos supratęs Paslaptį. Vizualizuoju automobilio stovėjimo vietą ten, kur noriu, ir beveik visada ta vieta manęs laukia – man tereikia pasistatyti automobilį. Retkarčiais turiu palaukti minutę ar dvi, kol žmogus patrauks automobilį, ir tada aš pasistatau savąjį. Taip darau visąlaik.

Dabar gali suprasti, kodėl, kai kas nors sako: „Aš visada randu vietą automobiliui pasistatyti“, ją ir randa. Arba, kodėl žmogus, nuolat kartojantis: „Man išties sekasi. Aš visada laimiu“, laimi vieną prizą po kito. Šie žmonės to *tikisi*. Pradėk tikėti, kad sulauksi didelių dalykų, ir jeigu taip darysi, iš anksto kursi savo gyvenimą.

Kurk savo dieną iš anksto

Traukos dėsniu gali pasinaudoti siekdamas susikurti visą savo gyvenimą iš anksto. Pradėti reikėtų nuo to, ką ketini daryti šiandien. Prentice'as Mulfordas, mokytojas, kurio rašiniuose yra tiek daug traukos dėsnio ir jo taikymo įžvalgų, parodo, kaip svarbu *apgalvoti savo dieną iš anksto.*

„Kai pasakai sau: „Ketinu smagiai paviešėti ar maloniai pakeliauti", tiesiogine šių žodžių prasme pirmiau savo kūno pasiunti jėgas, kurios padės taip viską sutvarkyti, kad tavo viešnagė ar kelionė taptų labai įdomi. O jeigu prieš viešnagę, kelionę ar apsipirkimą parduotuvėje būsi blogai nusiteikęs, baiminsiesi ar tikėsiesi ko nors nemalonaus, išsiųsi nematomus pasiuntinius, kurie iškrės ką nors nemalonaus. Mūsų mintys, arba, kitais žodžiais, mūsų proto būsena, visada iš anksto „nustato" gerus ir blogus dalykus."

Prentice'as Mulfordas

Šiuos žodžius Prentice'as Mulfordas parašė 1870 metais. Koks novatorius! Iš jo žodžių galima aiškiai suprasti, kaip svarbu *iš anksto apgalvoti* kiekvieną dienos įvykį. Be abejonės, tau teko patirti ir priešingų dalykų, nei buvai sugalvojęs iš anksto, bet taip greičiausiai atsitiko dėl skubėjimo ir skubotumo.

Žinok: kai skubi, mintys ir veiksmai yra grįsti baime (baime, kad nespėsi). Šitaip tu „nustatai" blogus dalykus ateityje. Ir jeigu toliau skubėsi, savo gyvenimo kelyje pritrauksi vieną blogą dalyką po kito. Be to, reikia žinoti, jog traukos dėsnis „nustatys" dar *daugiau* aplinkybių ateityje, kurioms esant teks paskubomis ką nors daryti. Privalai *sustoti* ir ištrūkti iš to dažnio. Stabtelk kelioms akimirkoms ir pakeisk save, jei nenori prisišaukti daugiau blogų dalykų.

Nemažai žmonių, ypač Vakarų visuomenėje, vaikosi „laiką" ir skundžiasi, jog *neturi pakankamai laiko*. Kai kas nors sako, kad neužtenka laiko, vadinasi, bus prisitraukę jo trūkumą pagal traukos dėsnį. Jei vaikeisi minčių „trūksta laiko" uodegą, dabar aiškiai pareikšk: „Turiu daugiau nei reikia laiko" ir pakeisk savo gyvenimą.

Laukimą paversk savo ateities kūrimu. Kitąsyk, kai teks ko nors laukti, išnaudok tą laiką ir įsivaizduok turįs viską, ko trokšti. Tai gali daryti bet kur ir bet kada. Kiekvieną savo gyvenimo situaciją išnaudok pozityviai!

Įprask kasdien mintyse iš anksto apibrėžti kiekvieną savo gyvenimo įvykį. Prieš kur nors eidamas ar ką nors darydamas, nustatyk Visatos jėgas *iš anksto* apgalvodamas, kaip tai turėtų vykti. Tada savo gyvenimą kursi sąmoningai.

Paslapties santrauka

- *Kaip Aladino Džinas, traukos dėsnis įvykdys kiekvieną mūsų įsakymą.*
- *Kūrybinis procesas padės pasiekti tai, ko trokšti, trimis paprastais žingsniais: prašyk, tikėk, gauk.*
- *Jei nori kažko paprašyti Visatos, turi puikią progą išsiaiškinti tikruosius savo troškimus. Kai apsispręsi, ko nori, prašyk.*
- *Kai tiki, veiki, kalbi, galvoji taip, tarytum jau būtum gavęs tai, ko prašei. Kai išspinduliuoji pojūčio, kad jau gavai, dažnį, traukos dėsnis išjudina žmones, įvykius, aplinkybes, kad tai iš tikrųjų gautum.*
- *Jei nori ką gauti, jauskis taip, tarytum tą trokštamą dalyką jau būtum gavęs. Jausdamasis gerai išspinduliuosi dažnį, sutampantį su trokštamų dalykų dažniu.*
- *Norėdamas numesti svorio, nesusikoncentruok į svorio metimą. Priešingai, galvok apie idealų savo svorį. Pasijusk esąs idealaus svorio ir prisišauksi jį.*
- *Visatai nereikia laiko, kad įgyvendintų tai, ko trokšti. Pritraukti vieną milijoną dolerių lygiai taip pat lengva, kaip ir vieną dolerį.*
- *Pradėk nuo nedidelių dalykų, pavyzdžiui, kavos puodelio ar vietos automobiliui pasistatyti. Tai puikus būdas norint įsitikinti, kaip*

veikia traukos dėsnis. Iš visų jėgų nusiteik pritraukti ką nors maža. Pajutęs galią, kuria gali pritraukti, ką nori, vėliau pradėsi kurti daug didesnius dalykus.

- *Kurk savo dieną iš anksto apgalvodamas, kaip norėtum, kad ji praeitų, ir tada savo gyvenimą kursi sąmoningai.*

nucleus
proton
meters

Galingi vyksmai

DR. JOE VITALE'IS

Nemažai žmonių jaučiasi tarsi užstrigę, įkalinti ar ribojami esamų aplinkybių. Kad ir kokia būtų dabartinė tavo padėtis, tai daugių daugiausia tėra dabartinė tikrovė, kuri ims keistis pradėjus vadovautis Paslaptimi.

Tavo dabartinė tikrovė, arba dabartinis gyvenimas, yra minčių, kurios sukosi tavo galvoje, rezultatas. Visa tai iš esmės pasikeis, vos imsi keisti savo mintis ir jausmus.

> „Žmogus gali pakeisti save <...> ir valdyti savo paties likimą, nes kiekvienas protas gali pasinaudoti teisingų minčių galia."

> Christianas D. Larsonas (1866–1954)

Lisa Nichols

Norėdamas pakeisti aplinkybes, pirmiausia turi pakeisti savo mąstymą. Jei kiekvienąsyk tikrindamas savo paštą tikiesi rasti sąskaitą, ją ten ir rasi. Kasdien išeidamas iš namų baiminiesi rasti sąskaitą? Niekada nesitiki ko nors nuostabaus? Galvodamas apie skolas, jų ir sulauksi. Skolai atsiradus, tau atrodys, kad taip ir turi būti. Kiekvieną mielą dieną tu patvirtini savo mintį: „Ar bus skola? Taip, štai ir ji. Ar bus skola? Taip, štai ir ji. Ar bus skola? Taip, štai ir ji." Kodėl ji atsiranda? Nes tu laukei jos. Taigi ji ir atsirado, nes traukos dėsnis visada paklūsta tavo mintims. Padaryk sau paslaugą – tikėkis čekio!

Tikėjimasis – galinga pritraukianti jėga, nes ji padeda pritraukti trokštamus dalykus. Kaip Bobas Proctoras sako, „noras sujungia su trokštamu dalyku, o tikėjimasis padeda jį pritraukti." Tikėkis to, ko nori, ir nesitikėk to, ko nenori. Ko tu tikiesi dabar?

Jamesas Ray

Daugelis žmonių žvelgia į esamą savo padėtį ir sako: „Štai kas aš esu." Taip nėra, tu nesi toks. Toks tu buvai. Tarkime, neturi pakankamai pinigų savo banko sąskaitoje ar nesi užmezgęs taip trokštamų santykių, ar tavo sveikata ir fizinė būklė ne itin pavydėtina. Tai nesi tu – tai tavo ankstesnių veiksmų ir minčių pasekmės. Kitaip tariant, mes nuolatos gyvename su praeityje galvotų minčių bei atliktų veiksmų bagažu. Jei žvelgdamas į dabartinę savo padėtį susitapatini su ja, pasmerki save lygiai tokiai pačiai padėčiai ateityje.

„Mes esame savo minčių rezultatas.“

Buda (563 pr. Kr.–483 pr. Kr.)

Norėčiau su tavimi pasidalinti tuo, ką sužinojau iš didžiojo mokytojo Nevilie'io Goddardo 1954 metais klausydamasi jo paskaitos. Ji vadinosi „Kerpančios kartojimo žirklės“. Jo mintys padarė labai didelę įtaką mano gyvenimui. Nevilie rekomenduoja kiekvienos dienos pabaigoje, prieš einant miegoti, apmąstyti visus dienos įvykius. Jei koks nors įvykis ar akimirksnis nebuvo toks, kokio norėjai, pakeisk visa tai mintyse taip, kad net suvirpėtum. Perkurdamas savo mintyse įvykius taip, kaip nori, išvalai šios dienos dažnį ir išleidi naują signalą bei dažnį rytdienai. Tu sąmoningai sukuri naujus vaizdus ateičiai. Niekada nevėlu pakeisti vaizdus.

Galingas dėkingumo procesas

DR. JOE VITALE'IS

Ką galėtum padaryti dabar, kad pasuktum savo gyvenimą kita linkme? Pirmiausia sudaryk sąrašą dalykų, už kuriuos esi dėkingas. Tai pakeis tavo energiją ir ims keisti mąstymą. Iki šiol tu tikriausiai kreipei dėmesį į tai, ko neturi, į įvairias problemas, skundeisi, bet dabar teks eiti kita kryptimi. Tau reiks pajusti dėkingumą už tai, kas tau labiausiai teikia džiaugsmą.

„Dėkingumas skatina protą būti didesnėje darnoje su kūrybinėmis Visatos energijomis, ir jeigu ši mintis tau negirdėta, permąstyk ją ir pamatysi, jog tai tiesa."

Wallace'as Wattlesas (1860–1911)

Marci Shimoff

Dėkingumo jausmas, be abejonės, padeda į gyvenimą pritraukti daugiau dalykų.

Dr. Johnas Gray

Psichologas, knygų autorius, pasaulyje žinomas lektorius

Ką kiekvienas vyras darys, žinodamas, kad žmona jį įvertins už atliktus mažus darbelius? Jis darys jų daugiau. Tai susiję su įvertinimu, kuris pritraukia įvairius dalykus, tarp jų ir paramą.

Dr. Johnas Demartini

Mes paskatiname atsirasti tai, apie ką galvojame.

Jamesas Ray

Dėkojimas man tapo išties veiksminga mankšta. Kiekvieną rytą atsikėlęs pasakau „ačiū". Kiekvieną rytą, vos kojomis paliečiu grindis, pasakau „ačiū". Paskui, valydamas dantis ir atlikdamas tai, ką darau kasryt, perbėgu mintimis viską, už ką esu dėkingas. Aš ne vien galvoju apie tai ir atlieku kasdienius veiksmus, aš iškeliu visa tai į šviesą ir jaučiu dėkingumą.

Tos dienos, kai filmavome Jamesą Ray, pasakojantį apie veiksmingą dėkingumo pratimą, niekada nepamiršiu. Nuo tos dienos Jameso pratimai virto mano gyvenimo dalimi. Kiekvieną rytą nesikeliu iš lovos, kol nepajuntu dėkingumo už šią naują dieną ir už viską, už ką turiu būti dėkinga savo gyvenime. Tada, lipdama iš lovos ir statydama vieną koją po kitos, sakau „ačiū". Sulig kiekvienu žingsniu eidama vonios link kartoju „ačiū". Dėkoju toliau, kol prausiuosi po dušu ir rengiuosi. Kol pasiruošiu dienai, „ačiū" pasakau šimtus kartų.

Taip darydama energingai kuriu savo dieną ir viską, kuo ji bus pripildyta. Nustatau savo dienos dažnį ir apgalvoju, kaip ji turėtų praeiti, o ne išgriūvu iš lovos ir leidžiuosi valdoma dienos. Nėra kito puikesnio būdo pradėti dieną nei šis. Tu esi savo gyvenimo kūrėjas, tad imk sąmoningai kurti savo dieną!

Dėkingumas – viena svarbiausių temų visų didžiųjų mokytojų mokymuose per visą žmonijos istoriją. Knygoje, kuri pakeitė mano gyvenimą („Mokslas kaip praturtėti"), Wallace'o Wattleso parašytoje 1910 m., dėkingumo temai skirtas ilgiausias skyrius. Kiekvienas filme „Paslaptis" dalyvaujantis mokytojas dėkingumui išreikšti skiria dalį dienos. Dauguma jų dieną pradeda galvodami apie dėkingumą ir išreikšdami jį jausmais.

Joe Sugarmanas, nuostabus žmogus ir klestintis verslininkas, pažiūrėjęs filmą „Paslaptis", susisiekė su manimi. Jis pasakė, kad jam labiausiai patiko dalis apie dėkingumą ir kad tai, jog jis nuolatos padėkodavo, prisidėjo prie jo pasiekimų gyvenime. Joe pritraukė sėkmę, ir jis toliau nepamiršta kasdien padėkoti net už mažmožius. Radęs vietą automobiliui pasistatyti, jaučiasi dėkingas ir sako: „Ačiū." Joe žino dėkojimo galią ir ką už tai yra gavęs. Taigi dėkojimas yra jo gyvenimo būdas.

Po viso to, ką skaičiau ir pati patyriau savo gyvenime taikydama Paslaptį, galiu pasakyti, kad dėkojimo galia yra stipriausia. Jei naudojiesi tik vienu su Paslaptimi susijusiu patarimu, pasirink dėkojimą, kol tai taps tavo gyvenimo dalimi.

DR. JOE VITALE'IS

Kai pasijusi kitaip dėl to, ką jau turi, imsi pritraukti vis daugiau gerų dalykų. Daugiau tokių, už kuriuos galėtum būti dėkingas. Galbūt apsižvalgęs ištarsi: „Ką gi, neturiu trokštamo automobilio. Neturiu norimo namo. Neturiu trokštamo sutuoktinio. Neturiu norimos sveikatos." O ne! Sustok, sustok! Juk tai dalykai, kurių tu visai nenori! Susitelk į tai, ką jau turi, pajusk dėkingumą už tai. Galbūt už tai, kad turi akis ir gali šitai perskaityti. Galbūt už drabužius, kuriuos dėvi, ar galbūt už kažką kitą. Galbūt ką nors greitai ir gausi, jeigu tik pradėsi jausti dėkingumą už tai, ką turi.

„Daugumai žmonių, kurie, rodos, teisingai gyvena, nesiseka ir jie neišbrenda iš skurdo, nes niekada nedėkoja."

Wallace'as Wattlesas

Neįmanoma pasiekti ko nors daugiau savo gyvenime neatsidėkojant už tai, ką jau turi. Kodėl? Nes mintys ir jausmai, kuriuos išspinduliuoji, kai nejauti dėkingumo, yra neigiami – ar tai būtų pavydas, pasipiktinimas, nepasitenkinimas ar ko nors trūkumo pojūtis, – visi šie jausmai nesuteiks to, ko trokšti. Jie tik prišauks tai, ko nenori. Šios neigiamos emocijos užtveria kelią gėriui. Jei nori naujo automobilio, bet nesi dėkingas už dabar turimą, tai ir išspinduliuosi šį vyraujantį dažnį.

Padėkok už tai, ką dabar turi. Pradėjęs galvoti apie viską, už ką savo gyvenime turi būti dėkingas, nustebsi, kai tave užplūs vis daugiau ir daugiau minčių, už ką galėtum padėkoti. Turi tik pradėti, ir paskui traukos dėsnis, sulaukęs tavo dėkingumo kupinų minčių, atsiųs tau dar daugiau panašių į jas. Tu jau būsi dėkingumo dažnio, ir visi geri dalykai bus tavo.

> „Kasdienis dėkojimas – vienas iš kelių, kuriuo tave pasieks turtas."
>
> *Wallace'as Wattlesas*

LEE BROWERIS

PATARĖJAS TURTO ĮSIGIJIMO KLAUSIMAIS, KNYGŲ AUTORIUS IR MOKYTOJAS

Manau, visiems būna laikotarpių, kai pasakome: „Et, viskas nesiseka!" Kartą, kai reikalai mano šeimoje klostėsi nekaip, susiradau akmenį ir prisėdau laikydamas jį rankoje. Tada įsidėjau jį į kišenę ir pasakiau sau: „Kaskart, kai paliesiu šį akmenį, imsiu galvoti apie ką nors, už ką esu dėkingas." Taip kiekvieną rytą atsikėlęs nuo staliuko paimdavau akmenį, įsidėdavau į kišenę ir imdavau galvoti apie tai, už ką esu dėkingas. O ką darydavau vakare? Išimdavau jį iš kišenės, o paskui vėl tas pats.

Kartą turėjau nutikimą su šiuo akmeniu. Vienas vyrukas iš Pietų Afrikos pamatė mane besidedantį jį į kišenę. Jis paklausė, kas tai. Aš paaiškinau, ir jis ėmė vadinti akmenį „dėkingumo akmeniu". Po dviejų savaičių iš Pietų Afrikos gavau elektroninį laišką. Jis rašė, kad jo sūnus merdėja susirgęs reta liga, hepatito atmaina, ir paprašė manęs atsiųsti tris dėkingumo akmenis". Kadangi tai buvo paprastas gatvėje rastas akmuo, atsakiau: „Gerai." Norėjau, kad akmenys būtų ypatingi, tad nuėjęs prie upelio išrinkau tinkamus ir išsiunčiau jam.

Po keturių ar penkių mėnesių iš jo gavau elektroninį laišką. Jis rašė: „Mano sūnui geriau, jam puikiai sekasi." O dar jis parašė: „Noriu, kad žinotum. Mes pardavėme daugiau nei tūkstantį akmenų po dešimt dolerių kaip „dėkingumo akmenis" ir visus šiuos pinigus paaukojom labdarai. Labai tau ačiū."

Taigi požiūris į dėkingumą yra labai svarbus.

Didis mokslininkas Albertas Einšteinas pakeitė iš pagrindų mūsų požiūrį į laiką, erdvę ir sunkio jėgą. Žinant, kiek maža buvo iki jo padaryta ir menkus pirmuosius žingsnius, galima būtų pagalvoti, kad neįmanoma pasiekti to, ką jis padarė. Einšteinas daug žinojo apie Paslaptį ir dėkodavo šimtus kartų per dieną. Jis dėkodavo visiems iki jo gyvenusiems mokslininkams už jų indėlį, kuris leido jam sužinoti ir pasiekti dar daugiau ir galų gale tapti vienu didžiausiu mokslininku.

Vienas geriausių būdų dėkingumui panaudoti – įtraukti jį į kūrybinį procesą, kad galėtum pasiekti tai, ko trokšti. Kaip Bobas Proctoras patarė, kūrybiniame procese pirmiausia reikia paprašyti. Taigi iš pradžių *paprašyk* ir užsirašyk, ko nori. Kiekvieną sakinį pradėk: *„Dabar esu toks laimingas ir dėkingas už…* [toliau įrašyk pats].

Kai dėkoji taip, tarytum jau būtum gavęs trokštamus dalykus, išsiunti į Visatą stiprų signalą. Tas signalas skelbia, jog tu jau turi tai, ko trokšti, nes dabar jauti dėkingumą už tai. Kas rytą, prieš išsiropšdamas iš lovos, įprask *iš anksto* pajusti dėkingumą už būsimą dieną, tarsi ji jau būtų praėjusi.

Nuo tos akimirkos, kai sužinojau Paslaptį ir supratau, jog šiomis žiniomis pasidalinsiu su pasauliu, kasdien dėkodavau už filmą „Paslaptis", atnešantį džiaugsmą pasauliui. Neįsivaizdavau, kaip savo žinias perkelsime į ekraną, bet tikėjau, kad rasime būdą. Aš visą laiką galvojau apie rezultatą. Iš anksto jaučiau didžiulį dėkingumą. Kadangi tai tapo mano nuolatine būsena, šliuzai atsivėrė ir mūsų gyvenimą užplūdo stebuklai. Nuostabi „Paslapties" komanda ir aš gilius, nuoširdžius dėkingumo jausmus jaučiame iki šiol. Mes tapome komanda, skleidžianti dėkingumą nuolat, ir tai tapo mūsų gyvenimo būdu.

Galingi vizualizacijos procesai

Vizualizacijos proceso nuo seno mokė visi didieji mokytojai ir pranašai; tą patį didieji mokytojai daro ir šiandien. Charlesas Haanelis 1912 metais parašytoje knygoje „Pagrindinių raktų sistema" pateikia dvidešimt keturis kassavaitinius pratimus vizualizacijai įvaldyti. (Be kita ko, jo patarimai padės tau tapti savo minčių šeimininku.)

Vizualizacija tokia veiksminga todėl, kad mintyse įsivaizduodamas save turintį tai, ko trokšti, sukeli sau mintis ir jausmus, tartum visa tai turėtum dabar. Vizualizacijos metu taip stipriai sutelkiamos mintys į vaizdus, kad sukyla stiprūs jausmai. Kai užsiimi vizualizacija, į Visatą išspinduliuoji dažnį. Traukos dėsnis pagauna šį stiprų signalą ir atsiunčia tau tuos dalykus, kuriuos ir regėjai mintyse.

DR. DENISAS WAITLEY

Vizualizaciją naudojau Apollo programoje ir paskui ją įtraukiau į devintojo ir paskutiniojo XX a. dešimtmečio Olimpinių žaidynių programas. Tai buvo pavadinta „vizualine motorine repeticija".

Vizualizuodamas materializuoji. Štai ką sužinojau įdomaus apie mintis: olimpiados lengvaatlečiams liepėme savo sportinę rungtį atlikti mintyse ir paskui prijungėme juos prie įmantrios įrangos, nustatančios biologinį grįžtamąjį ryšį. Neįtikėtina, bet kai jie bėgo lenktynių mintyse, susitraukinėjo tie patys raumenys ir tokia pat tvarka, kaip ir bėgant takeliu. Kodėl taip įmanoma? Ogi todėl, kad protas neatskiria, kada tu darai iš tikrųjų, o kada tik treniruojiesi. Kur nors būdamas mintyse, būsi ten ir kūnu.

Pagalvok apie išradėjus ir išradimus: brolius Wrightus ir lėktuvą, George'ą Eastmaną ir filmą, Thomą Edisoną ir elektros lemputę, Alexanderį Grahamą Bellą ir telefoną. Kažkas kažkada buvo išrasta ar sukurta tik todėl, kad kažkoks žmogus tai matė savo mintyse. Tas žmogus viską matė labai aiškiai, o kai savo mintyse regi galutinį rezultatą, visos Visatos jėgos padeda *per* tave tam išradimui realizuotis pasaulyje.

Šie vyrai žinojo Paslaptį. Šie vyrai visiškai tikėjo tuo, kas nematoma, jie žinojo, kad juose glūdinti jėga paveiks Visatą ir išradimus pavers matomus. Jų tikėjimas ir vaizduotė skatino žmonijos raidą, ir mes kasdien skiname jų kūrybingų protų vaisius.

Galbūt pagalvosi: „Aš neturiu tokio proto kaip šie didieji išradėjai". Arba: „*Jie* galėjo sukurti vaizduotėje tokius dalykus, bet aš negalėsiu." Taip pasakęs labai suklysi. Toliau susipažindamas su Paslaptimi sužinosi, kad tu ne tik turi tokį protą kaip jie, bet dar daugiau.

MIKE'AS DOOLEY

Vizualizuodamas, stengdamasis mintyse išvysti vaizdą, visada susitelk tik į galutinį rezultatą.

Štai pavyzdys. Atidžiai apžiūrėk viršutinę savo plaštakų pusę: odos spalvą, strazdanas, kraujagysles, žiedus, nagus. Įsidėmėk visas detales. Paskui užsimerkęs išvysk šias rankas, savo pirštus, įsikibusius į naujutėlaičio automobilio vairą.

DR. JOE VITALE'IS

Šis holografinis išgyvenimas toks tikras, kad nejusi, jog tau reikia naujo automobilio, nes atrodys, tarsi jį jau turėtum.

Šiais žodžiais dr. Vitale'is puikiai pasako, ką turėtum pasiekti vizualizuodamas. Jei atmerkęs akis fiziniame pasaulyje būsi šokiruotas, vadinasi, vizualizacija realizavosi. Toji būsena iš tikrųjų *yra* reali. Toje erdvėje viskas jau sukurta. Fizinis pasaulis tėra viso kūrybinio proceso *rezultatas*. Štai kodėl nejusi, kad tau kažko reikėtų, nes vizualizuodamas įsijungi į realią kūrybos erdvę. Toje erdvėje turi viską. Kai tai pajusi, suprasi.

JACKAS CANFIELDAS

Šis pojūtis sukuria tikrąją trauką, ne vien vaizdą ar mintį. Dauguma mano, kad jei galvos teigiamai arba jei vizualizuos tai, ko trokšta, visiškai to pakaks. Tačiau jeigu taip darydamas vis dar nejausi gausos, meilės ar džiaugsmo, traukos jėga nebus sukurta.

BOBAS DOYLE'IS

Tu turi taip įsijausti, lyg tikrų tikriausiai sėdėtum tame automobilyje. Tai ne tas pats, kas „Norėčiau turėti automobilį" ar „Vieną dieną turėsiu automobilį", nes šis jausmas labai aiškus, susijęs su konkrečiu tavo noru. To nėra dabar. Tai bus ateityje. Jei išlaikysi šį pojūtį, visko sulauksi ateityje.

MICHAELIS BERNARDAS BECKWITHAS

Dabar šis jausmas, šis vidinis matymas atvers duris, pro kurias ims eiti Visatos galia.

„Kas yra ši jėga, negaliu pasakyti. Žinau tik tiek, kad ji egzistuoja.“

Alexanderis Grahamas Bellas (1847–1922)

JACKAS CANFIELDAS

Mums visai nereikia stengtis suvokti „kaip“. „Kaip“ išryškės, jei visiškai atsiduosime ir tikėsime, jog turėsime tai.

MIKE'AS DOOLEY

„Kaip“ – Visatos reikalas. Ji visada žino trumpiausią, greičiausią, harmoningiausią kelią tarp tavęs ir tavo svajonės.

DR. JOE VITALE'IS

Jei paliksi tai Visatai, būsi pritrenktas, pamatęs, kaip ji tau šitai pristatys. Štai čia ir pasireikš magija ir įvyks stebuklai.

Paslapties mokytojai žino viską, ką galima išjudinti vizualizuojant. Kai mintyse matai vaizdą ir jauti jį, patiki, jog turi tai dabar. Tu taip pat pasitiki ir tiki Visata, nes būni susitelkęs į galutinį rezultatą ir išgyveni „turėjimo“ jausmą, visiškai nesirūpindamas, kaip tai bus įgyvendinta. Iš vaizdo tavo mintyse matyti, jog viskas jau padaryta. Tavo pojūčiai sako, jog viskas jau padaryta. Tavo protas, visa gyvastis jaučia, jog viskas *jau yra įvykę*. Toks tad yra vizualizacijos menas.

DR. JOE VITALE'IS

Atlik tai kone kasdien, tačiau žiūrėk, kad tai niekada nevirstų nuobodžiu darbu. Kalbant apie Paslaptį, labai svarbu žinoti, jog būtina gera savijauta. Pasistenk būti pakilios nuotaikos šio proceso metu.. Stenkis kiek tik įmanoma būti linksmas, laimingas, jausk darną savyje.

Visi turi vizualizacijos galią. Įrodysiu šitai virtuvės vaizdu. Kad tai suprastum, pirmiausia iš galvos turi išmesti visas mintis apie virtuvę. *Negalvok* apie savo virtuvę. Visiškai išvyk mintis apie virtuvę – su visomis spintelėmis, šaldytuvu, viryklе, plytelėmis, spalvine gama...

Bet tu juk pamatei savo virtuvės vaizdą mintyse, ar ne? Ką gi, tada tu ką tik vizualizavai!

> „Visi vizualizuoja, nors nebūtinai tai supranta. Vizualizacija – didžiulė sėkmės paslaptis."
>
> Genevieve Behrend (1881–1960)

Pateiksiu naudingą patarimą, susijusį su vizualizavimu, kurį dr. Johnas Demartini duoda savo seminaruose. Johnas sako, jog statinį vaizdą išlaikyti mintyse gana sudėtinga, todėl pataria sukurti kuo daugiau veiksmo savo vaizde.

Norėdamas tuo įsitikinti darsyk įsivaizduok virtuvę, tik šįkart įsivaizduok, kaip į ją įeini, eini šaldytuvo link, uždedi ranką ant rankenos, atveri dureles, pažvelgi į vidų ir randi šaltą vandens butelį. Pasieki jį ir pasiimi. Jį liesdamas gali justi šaltumą. Vienoje rankoje laikai vandens butelį, o kita ranka uždarai šaldytuvą. Dabar, kai detaliai ir su judesiais vizualizuoji savo virtuvę, juk daug lengviau regi ir išlaikai atmintyje šį vaizdą, ar ne?

„Visi mes turime daugiau galių ir galimybių nei įsivaizduojame, o vizualizacija yra viena iš tų didžiųjų galių.“

Genevieve Behrend

Galingi vyksmai

MARCI SHIMOFF

Vienintelis skirtumas tarp tų žmonių, kurie žino Paslaptį, kurie gyvena magijos pasaulyje, ir tų, kurie taip negyvena, yra tas, kad pirmieji, gyvenantys magijos pasaulyje, turi tam tikrus įpročius. Jie priprato naudotis traukos dėsniu, ir magija vyksta visur, kur tik jie eina. Jie naudojasi Paslaptimi visur. Jie pasitelkia ją visuomet, o ne tik vieną kartą.

Štai dvi tikros istorijos, kurios akivaizdžiai parodo, kaip stipriai veikia traukos dėsnis ir kokia nepriekaištinga sąveika Visatos matricoje.

Pirmoji istorija apie moterį, vardu Jeannie, kuri, nusipirkusi „Paslapties“ DVD, žiūrėdavo jį bent kartą per dieną, kad kiekviena savo kūno ląstele persiimtų ta žinia. Ją ypač sužavėjo Bobas Proctoras ir ji pagalvojo, jog būtų nuostabu su juo susitikti.

Vieną rytą Jeannie ėmė paštą ir labai nustebo, pastebėjusi, jog paštininkas netyčia įmetė laišką, skirtą Bobui Proctorui. Jeannie nežinojo, kad Bobas Proctoras gyvena vos už keturių kvartalų! Maža to, Bobo namo numeris buvo toks pat kaip ir Jeannie. Ji iškart pasiryžo pristatyti laišką. Ar gali įsivaizduoti jos susižavėjimą, kai duris atvėrė pats Bobas Proctoras? Bobas retai būna namuose, nes keliauja po visą pasaulį skaitydamas paskaitas, bet Visatos matricoje laikas tiksliai apskaičiuotas. Kai Jeannie pagalvojo, kaip būtų nuostabu sutikti Bobą Proctorą, traukos dėsnis „sudėliojo" aplinkybes, žmones ir įvykius Visatoje taip, kad susitikimas įvyktų.

Antroji istorija apie dešimtmetį berniuką Coliną, kuris pamatė ir labai pamėgo filmą „Paslaptis". Colino šeima savaitei išvyko į Disnėjaus pasaulį, ir jau pačią pirmąją dieną jiems teko stovėti ilgose eilėse. Tą vakarą, prieš pat užmiegant, Colinas pagalvojo, jog norėtų pasisukti visomis didžiausiomis karuselėmis ir nestovėti eilėje.

Ir štai kitą rytą Colinas su šeima laukė, kol atsivers *Epcot* centro vartai. Jiems atsivėrus, prie jų priėjo Disnėjaus centro darbuotojas ir paklausė, ar jie nenorėtų tapti Pirmąja tos dienos *Epcot* centro šeima. Kaip pirmoji šeima, jie gautų tam tikrą statusą, juos lydėtų personalas ir nereikėtų stovėti eilėse. Tai buvo viskas, ko troško Colinas, ir netgi daugiau!

Šimtai šeimų tą rytą laukė, norėdamos patekti į *Epcot,* bet Colinas tikrai žinojo, kodėl jo šeima buvo pasirinkta Pirmąja šeima. Jis žinojo, jog taip atsitiko todėl, kad jis pasitelkė Paslaptį. Įsivaizduok, ką reiškia – būnant dešimties – suvokti, kad jėga, galinti išjudinti pasaulius, slypi tavyje!

„Niekas negali sutrukdyti tavo vizualizuotam vaizdui realizuotis, išskyrus tą pačią jėgą, kuri jį ir sukūrė, – tave patį.“

Genevieve Behrend

JAMESAS RAY

Žmonės kurį laiką pagalvoja apie tai ir mano, kad jiems jau seksis. „Aš pamačiau šį filmą ir tiesiog degu noru keisti savo gyvenimą.“ Bet praeina kiek laiko, o rezultatų nematyti. Jie jau būna beišlendą į paviršių, tačiau žmogus mato tik paviršių ir sako: „Tai neveikia.“ Ir Visata atsako: „Tavo noras – man įsakymas!“, ir viskas išnyksta.

Vos tik leisi abejonei įsiveržti į savo mintis, traukos dėsnis ims rikiuoti abejones vieną paskui kitą. Kai tik gimsta abejonė, atsikratyk jos tuoj pat. Tegul ji keliauja sau. Pakeisk ją žodžiais: „Aš *žinau*, kad dabar gaunu.“ Ir pajausk tai.

JOHNAS ASSARAFAS

Sužinojęs apie traukos dėsnį, tikrai panorau juo pasinaudoti ir pažiūrėti, kas iš to išeis. 1995 metais pradėjau kurti vadinamą „vizijų lentą“. Ant jos užrašydavau tai, ką norėdavau pasiekti, arba tai, ką norėdavau pritraukti, pavyzdžiui, automobilį, laikrodį ar svajonių sutuoktinį, ir to, ko norėdavau, paveikslą prisegdavau. Kasdien sėdėdamas biure žiūrėdavau į šią lentą ir imdavau vizualizuoti. Aš iš tikrųjų pasiekdavau būseną, kurioje jausdavausi, lyg būčiau įgijęs tai, ko trokštu.

Ketinau persikraustyti. Visus baldus, visas dėžes sudėjau į sandėlį. Per penkerius metus trissyk keičiau gyvenamąją vietą. Galų gale apsistojau Kalifornijoje ir nusipirkau šį namą. Remontavau jį metus, ir paskui visą turtą atsigabenau iš ankstesniųjų, prieš penkerius metus turėtų, namų. Vieną rytą sūnus Keenanas užėjo į mano kabinetą. Viena iš dėžių, kuri buvo užklijuota penkerius metus, gulėjo prie pat slenksčio. Jis paklausė: „Kas toje dėžėje, tėveli?" Aš atsakiau, jog tai mano „vizijų lentos". Jis paklausė: „O kas yra vizijų lentos?" „Na, ant jų aš prismeigdavau visus tikslus, kurių siekdavau. Iškirpdavau ir prismeigdavau visus tikslus, kuriuos norėdavau pasiekti gyvenime", – atsakiau. Žinoma, būdamas penkerių su puse metų, jis nieko nesuprato, tad pasakiau: „Branguti, aš tau parodysiu, kad lengviau suprastum."

Prakirpau dėžę. Ant vienos „vizijų lentos" buvo namo, kurį vizualizavau prieš penkerius metus, paveikslas. Labiausiai sukrėtė tai, kad mes gyvenome tame name. Ne kokiame nors panašiame name – aš nusipirkau tikrą savo svajonių namą, suremontavau jį, o juk buvau užmiršęs apie savo svajonę. Pažvelgiau į tą namą ir ėmiau verkti, nes buvau tiesiog priblokštas. Keenanas paklausė, kodėl verkiu. Atsakiau: „Pagaliau supratau, kaip veikia traukos dėsnis. Pagaliau suvokiau vizualizacijos galią. Pagaliau supratau viską, ką skaičiau, viską, ką dirbau visą savo gyvenimą, kaip man pavyko įkurti įmones. Tai padėjo susikurti namus, taigi aš nusipirkau svajonių namus net pats to nežinodamas."

„Vaizduotė yra viskas. Ji sukuria žavaus būsimo gyvenimo peržiūrą.“

Albertas Einšteinas (1879–1955)

Su „vizijų lenta“ tavo vaizduotė gali atlikti pašėlusius dalykus. Prismeik ten vaizdus tų dalykų, kurių trokšti, taip pat vaizdus to gyvenimo, kurį norėtum gyventi. Žiūrėk, kad „vizijų lenta“ kabėtų kasdien matomoje vietoje, kaip kad padarė Johnas Assarafas. *Išgyvenk* jausmus, tarytum tuos daiktus turėtum dabar. Kai sulauksi jų, padėkok už tai ir, nuėmęs paveikslėlius, užkabink naujus. Tai puikus būdas supažindinti vaikus su traukos dėsniu. Tikiuosi, kad „vizijų lentos“ idėja įkvėps tėvus ir mokytojus visame pasaulyje.

Vienas žmogus Paslapties tinklalapio forume savo vizijų lentoje įdėjo „Paslapties“ DVD nuotrauką. Jis buvo matęs filmą „Paslaptis“, bet pats disko neturėjo. Praėjus dviem dienoms po to, kai jis sukūrė savo „vizijų lentą“, pajutau, jog turiu parašyti žinutę, kad pirmieji dešimt forume pasiskelbusių žmonių gaus DVD. Jis buvo vienas iš dešimties! Įdėjęs į „vizijų lentą“ „Paslapties“ DVD, jau po poros dienų jis ją gavo. Nesvarbu, ar tai būtų „Paslapties“ DVD, ar namas, kūrimo ir gavimo džiaugsmas neįtikėtinas!

Kitas puikus vizualizacijos pavyzdys – tai mano mamos naujo namo pirkimas. Be mano mamos, į tą namą pretendavo dar keletas žmonių. Mano mama nusprendė pasinaudoti Paslaptimi ir padaryti tą namą savu. Ji atsisėdo ir ėmė rašyti savo vardą ir naujojo namo adresą šimtus kartų. Ji tai darė tol, kol pajuto, jog tai jos adresas. Tada ji įsivaizdavo, kaip į naująjį namą veža baldus. Per tą laiką, kol šitai darė, ji sulaukė skambučio, kad jos pasiūlymas priimtas. Ji labai susijaudino, bet tai nebuvo netikėta, nes ji *žinojo*, jog šis namas yra jos. Tikra šaunuolė!

Jackas Canfieldas

Apsispręsk, ko nori. Tikėk, jog gali tai turėti. Tikėk, jog esi to vertas ir jog tai gali turėti. Ir tada keletą kartų per dieną kelioms minutėms ir įsivaizduok, kad jau turi tai, ko nori. Tavo išeities taškas turi būti galutinis rezultatas, susitelk į tai, už ką jau esi dėkingas, ir iš tikrųjų mėgaukis tuo. Tada vėl tęsk dienos darbus ir pavesk tai Visatai, tikėk, jog Visata ras būdų, kaip tau tai apreikšti.

Paslapties santrauka

- *Tikėjimasis – stipri traukiamoji jėga. Tikėkis to, ko nori, ir nesitikėk to, ko nenori.*

- *Dėkingumas yra galingas procesas, padedantis pakeisti energiją ir pritraukti į savo gyvenimą daugiau to, ko trokšti. Būk dėkingas už tai, ką jau turi, ir prisitrauksi daugiau gerų dalykų.*

- *Dėkojimas iš anksto už tai, ko trokšti, labai sustiprina šansus gauti tai, ko trokšti. Jis padeda į Visatą išsiųsti galingesnį signalą.*

- *Vizualizacija – tai procesas, kurio metu mintyse kuri savęs, besimėgaujančio norimais dalykais, vaizdus. Vizualizuodamas sukeli sau mintis ir jausmus, tartum visa tai, ko trokšti, turėtum dabar. Tada traukos dėsnis atsiunčia tau tai, ką regėjai mintyse.*

- *Naudokis traukos dėsniu, ir tegu tai tampa įpročiu, o ne vienkartiniu veiksmu.*

- *Kasvakar prieš užmigdamas perbėk mintimis dienos įvykius. Visus įvykius ar akimirksnius, kurie nebuvo tokie, kokių troškai, pakartok mintyse taip, kaip norėtum, kad būtų.*

Pinigų Paslaptis

„Žmogus gali pasiekti <…> viską, ką gali suvokti protu."

W. Clementas Stone'as (1902–2002)

Jackas Canfieldas

Sužinojęs Paslaptį, labai pasikeičiau, mat augau su tėvu, kuris labai neigiamai žiūrėjo į pinigus, jis buvo įsitikinęs, kad turtingi žmonės apiplėšinėja kitus ir jeigu turi pinigų, tai būtinai bus ką nors apgavę. Taigi užaugęs turėjau tvirtas nuostatas dėl pinigų: jeigu praturtėjai, tapai blogu žmogumi, tik blogiečiai turi pinigų; pinigai neauga ant medžių ir pan. „Kuo tu mane laikai? Rokfeleriu?" (Johnas Rockefelleris (1839–1937) – JAV verslininkas, pramonininkas, filantropas, mecenatas (vert. past.) – *buvo mėgstamiausia tėvo frazė. Taigi užaugau tvirtai tikėdamas, jog gyventi sunku. Ir tik susipažinęs su W. Clementu Stone'u ėmiau keisti savo gyvenimą.*

Man teko kartu dirbti su Stone'u, ir jis kartą pasakė: „Noriu, kad užsibrėžtum tikslą – tokį didelį, kad jį pasiekus tau susisuktų galva ir tu žinotum, jog vien dėl to, ko tave išmokiau, įstengei jį pasiekti." Tuo metu per metus uždirbdavau aštuonis tūkstančius dolerių, tad nutariau, jog noriu uždirbti šimtą tūkstančių dolerių per metus. Neturėjau nė menkiausio supratimo, kaip to pasiekti. Neturėjau nei strategijos, nei galimybių, bet tiesiog sau pasakiau: „Aš pareikšiu tą norą, tikėsiu, jog jis išsipildys, elgsiuos taip, lyg tai būtų tiesa, ir leidau šiai minčiai plaukti." Taip ir padariau.

Vienas iš dalykų, kurių Stone'as mane išmokė, buvo vizualizacija. Kasdien turėdavau užsimerkti ir įsivaizduoti, tarsi tikslas jau būtų įgyvendintas. Aš iš tikrųjų pasidariau šimto tūkstančių dolerių banknotą ir prilipdžiau jį ant lubų. Kasryt pabudęs išvysdavau jį ir tai man padėdavo prisiminti savuosius tikslus. Tada užsimerkęs imdavau fantazuoti, kaip gyvenčiau turėdamas šimtą tūkstančių. Įdomu, tačiau per pirmąsias trisdešimt dienų nieko reikšminga neįvyko. Nekilo jokių genialių minčių, niekas man nesiūlė pinigų.

Maždaug po keturių savaičių mano galvoje ėmė kirbėti mintis, kaip užsidirbti šimtą tūkstančių dolerių. Buvau parašęs knygą, todėl tariau sau: „Jei parduočiau keturis šimtus tūkstančių knygos vienetų vos už 25 centus kiekvieną, gaučiau šimtą tūkstančių dolerių." Knygą turėjau, bet man niekada nebuvo atėjusi tokia mintis. (Viena iš Paslapčių yra tokia: jei turi uždegančią idėją, tikėk ja ir imk veikti.) Aš nežinojau, kaip tuos keturis šimtus tūkstančių knygų parduosiu. Bet taip atsitiko, kad prekybos centre pamačiau laikraštį „National Enquirer" (JAV prekybos centruose platinamas bulvarinis laikraštis (vert. past.). *Buvau jį matęs milijonus kartų, bet jis man visai nerūpėjo, o dabar staiga krito į akis. Man toptelėjo: jeigu šio laikraščio skaitytojai sužinotų apie mano knygą, be abejonės, keturi šimtai tūkstančių žmonių ateitų jos įsigyti.*

Maždaug po šešių savaičių Hunter koledže (Niujorke) skaičiau paskaitą šešiems šimtams dėstytojų, ir iškart po jos prie manęs priėjo moteris ir pasakė: „Puiki kalba. Norėčiau paimti iš jūsų interviu. Štai mano vizitinė kortelė." Pasirodo, ji buvo laisvai samdoma žurnalistė, rašanti straipsnius laikraščiui „National Enquirer". Aš iškart prisiminiau filmą „Prieblandos zona" – oho, visa tai tikrai veiksminga! Straipsnis pasirodė, ir mano knygų buvo parduodama vis daugiau.

Ką noriu tuo pasakyti? Visus šiuos įvykius, net ir tą žurnalistę, aš pats pritraukiau į savo gyvenimą. Trumpai sakant, tais metais uždirbau ne šimtą tūkstančių. Uždirbau devyniasdešimt du tūkstančius tris šimtus dvidešimt septynis dolerius. Bet nejau manote, kad dėl to liūdėjome ir graužėmės sakydami „Tai neveiksminga!"? Ne, mes tik džiaugėmės, kaip tai nuostabu. Mano žmona paklausė: „Jei tai pavyko panorėjus šimto tūkstančių, kaip manai, ar pasisektų uždirbti milijoną?" „Nežinau, bet manau, kad taip. Pabandykim", – atsakiau.

Už pirmąją knygą „Vištienos sultinys sielai" leidėjas man išrašė karališką čekį. Ir dar nupiešė šypsenėlę prie parašo, nes tai buvo pirmasis jo išrašytas milijoninis čekis.

Taigi iš savo patirties žinau, kad Paslaptis veiksminga. Mes tai išbandėme. Ji tikrai veikia, ir dabar kiekvieną dieną pradedu nuo jos.

Paslaptį ir traukos dėsnį galima tikslingai taikyti įvairiose gyvenimo srityse. Tas pats procesas tinka viskam, ką norėtum sukurti, pinigai irgi ne išimtis.

Norėdamas pritraukti pinigų turi susitelkti į turtą. Nepavyks į savo gyvenimą pritraukti daugiau pinigų, jei mąstysi apie tai, kaip jų tau trūksta. Tokiu atveju *mintys* suksis apie tai, jog jų tau stinga. Koncentruodamasis į pinigų stygių sukursi neapsakomai daug situacijų, kuriose tau jų dar labiau trūks. Dėmesį turi sutelkti į pinigų gausą, ir jie pas tave ateis.

Savo mintimis turi išsiųsti naują signalą, o tos mintys turėtų suktis apie tai, kad dabar pinigų turi daugiau, negu reikia. Tiesiog būtina pasitelkti vaizduotę ir patikėti, kad jau turi taip trokštamus pinigus. Ir tai teiks didžiulį džiaugsmą! Pastebėsi, kad apsimesdamas ir žaisdamas neva turįs pinigų, staiga imsi apie pinigus galvoti pozityviau, o tai savo ruožtu leis jiems atplaukti į tavo gyvenimą.

Nuostabi Jacko istorija paskatino Paslapties komandą sukurti tuščią čekį, kurį galima nemokamai parsisiųsti iš Paslapties tinklalapio www.thesecret.tv. Neužpildytas čekis skirtas tau. Jis atkeliavęs iš Visatos banko. Įrašyk savo vardą, pavardę, sumą ir padėk tokioje vietoje, kad kasdien matytum. Pažvelgęs į čekį, pasijusk taip, tarsi jau dabar turėtum tuos pinigus. Įsivaizduok, kaip juos leidi, viską, ką perki už juos, ką darai su jais. Pajusk, kaip tai nuostabu! Dabar jie tavo, nes kai prašai, jie tampa tavo. Mes sulaukėme daugybės istorijų iš žmonių, kurie susikrovė didžiulius turtus naudodamiesi Paslapties čekiu. Tai linksmas žaidimas, bet jis efektyvus!

Prisitrauk gausą

Vienintelė priežastis, kodėl žmonės neturi pakankamai pinigų, yra ta, kad jie savo mintimis *blokuoja* pinigų atėjimą. Kiekviena neigiama mintis, jausmas ar emocija neleidžia geriems dalykams, įskaitant ir pinigus, ateiti pas tave. Visata neslepia nuo tavęs pinigų – visi tau reikalingi pinigai egzistuoja dabar pat nematomybėje. Jei tau jų trūksta, tai dėl to, kad savo mintimis stabdai jų tėkmę. Mintys „daugiau pinigų nei reikia“ turi nusverti mintis „trūksta pinigų“. Daugiau mąstyk apie gausą negu apie stygių, ir teigiamos mintys nustelbs neigiamas.

Kai *reikia* pinigų, tave užlies galingas jausmas, ir tu, traukos dėsnio padedamas, prisitrauksi *trokštamus* pinigus.

Apie pinigus galiu kalbėti remdamasi savo patirtimi. Prieš pat sužinant apie Paslaptį buhalteriai man pranešė, kad mano kompanija tais metais patyrė didžiulių nuostolių ir jau už trijų mėnesių iš jos liks tik prisiminimas. Po dešimties sunkaus darbo metų kompanija ėmė sprūsti man iš rankų. Ir kuo man labiau *reikėjo* pinigų jai išsaugoti, tuo blogiau sekėsi. Atrodė, jog išeities nėra.

Bet tada sužinojau Paslaptį, ir viskas mano gyvenime – kartu ir kompanijos padėtis – visiškai pasikeitė, nes aš pakeičiau savo mąstyseną. Mano buhalteriai ir toliau nervinosi dėl skaičių ir tik juos tematė, o aš galvojau apie gausą ir kad viskas susiklostys gerai. Kiekviena savo kūno ląstele *žinojau,* kad Visata manimi pasirūpins, ir ji taip ir padarė. Ji davė tai, ko troškau, tokiais būdais, apie kuriuos nė nesusimąsčiau. Būdavo akimirkų, kai aplankydavo abejonės, bet tada iš karto mintimis peršokdavau prie trokštamo rezultato. Dėkojau už tai, džiaugiausi ir *tikėjau*!

Noriu tau atskleisti paslaptį, kaip pasinaudoti Paslaptimi. Trumpiausias kelias į viską, ko trokšti savo gyvenime, – tai BŪTI ir JAUSTIS laimingam dabar! Tai greičiausias būdas, padėsiantis susikrauti turtus ir viską, ko tik trokšti. Stenkis į Visatą išspinduliuoti tik džiaugsmą ir laimę. Šitaip darydamas prisitrauksi viską, kas tau teikia džiaugsmą ir laimę, ir tai apims ne tik pinigus, bet ir visa kita, ko geidi. Turi išspinduliuoti tokį signalą, kad jis tau atneštų, ko trokšti. Jei skleisi laimę, ji netruks atsiverti vaizdais tavo gyvenimiškoje patirtyje. Traukos dėsnis slapčiausias tavo mintis ir jausmus pavers tikrove.

Galvok apie klestėjimą

DR. JOE VITALE'IS

Numanau, ką dauguma žmonių dabar galvoja: „Kaipgi man pritraukti daugiau pinigų? Iš kur gauti daugiau šlamančių? Kaip susikrauti turtus? Kaip aš, mylėdamas savo darbą ir žinodamas, kad mano pajamos ribotos, susitvarkysiu su susidariusia kreditinės kortelės skola? Iš kur gausiu daugiau pinigų?" Nusiteik tinkamai!

Vėl grįžtame prie to, apie ką kalbėjome aptardami Paslaptį. Tavo uždavinys – iš Visatos katalogo išsirinkti, ką norėtum turėti. Jei tai grynieji, nurodyk, kiek nori turėti, pavyzdžiui: „Noriu dvidešimt penkių tūkstančių dolerių netikėtų pajamų ateinantį mėnesį", arba ką nors kita. Tačiau turi tuo patikėti.

Jeigu anksčiau savo darbą laikei vieninteliu pajamų šaltiniu, tučtuojau šitai pamiršk. Ar įvertini tai, kad ir toliau taip galvodamas *neišvengiamai* paversi šitai savo patirtimi? Tokios mintys tau nepadės.

Dabar pradedi suvokti, kad tavęs laukia gausa, ir ne tavo reikalas aiškintis, *kaip* pinigai atkeliaus pas tave. Tavo užduotis – prašyti, įtikėti, kad gauni tai, ko trokšti, ir jaustis laimingam. Detales palik Visatai, ir ji ras būdą, kaip duoti tau, ko nori.

Bobas Proctoras

Daugumos žmonių tikslas – išsikapanoti iš skolų. Taip mąstydami jie amžinai ir liks paskendę skolose. Prisitrauksi tai, apie ką galvosi. Galbūt atsakysite: „Bet juk reikia išbristi iš skolų!" Man nerūpi, išbristi ar įbristi į skolas, – jeigu galvojate apie skolas, jų ir turėsite. Nustatykite automatinę skolų grąžinimo programą ir pradėkite galvoti apie suklestėjimą.

Turint krūvas sąskaitų ir nežinant, kaip jas apmokėti, nevalia sutelkti dėmesio į jas, nes tokiu būdu prisitrauksi dar daugiau sąskaitų. Turi pasistengti susikoncentruoti į sėkmę, *nepaisant* daugybės sąskaitų. Turi pasistengti jaustis gerai, tada gėris ateis pas tave.

Jamesas Ray

Žmonės daug sykių man yra sakę: „Norėčiau, kad ateinančiais metais mano pajamos padvigubėtų." Tačiau pažvelgęs į jų veiksmus, pamatau, kad jie nedaro ničnieko, kad tai virstų tikrove. Vos pasisukę jie jau šneka: „Negaliu sau to leisti." Ir ką manote? „Tavo noras – man įsakymas!"

Prasprūdus žodžiams „Negaliu sau to leisti", gali juos pakeisti *dabar pat*. Pakeisk juos žodžiais „Aš galiu sau tai leisti! Galiu tai įsigyti!" Kartok juos ne vieną kartą. Kartok it papūga. Ir ateinančias trisdešimt dienų pasiruošk, pamatęs bet kokį patinkantį daiktą, kartok: „Aš galiu sau tai leisti! Galiu tai įsigyti!" Kai pamatysi pravažiuojančią savo svajonių mašiną, sakyk: „Aš galiu sau tai leisti!" Kai pamatysi mėgstamus drabužius, kai pagalvosi apie puikias atostogas, sakyk: „Aš galiu sau šitai leisti." Taip elgdamasis imsi keisti save, teigiamiau *vertinti* pinigus. Imsi įtikėti galįs įsigyti tuos daiktus, o kai taip nutiks, tavo gyvenimo vaizdas pasikeis.

LISA NICHOLS

Kai dėmesį sutelki į stygių, nepriteklių, į tai, ko neturi, paskleidi nerimą šeimoje, aptarinėji tai su draugais, sakai savo vaikams, kad trūksta to ir to („Tam mums trūksta pinigų, negalime sau to leisti“) – šitaip elgdamasis niekados negalėsi sau ko nors leisti, nes daugiau pritrauksi tai, ko neturi. Jei trokštate gausos, jei trokštate turtų, tai ir galvokite apie gausą. Galvokite tik apie turtą.

> „Dvasinė substancija, iš kurios randasi visas matomas turtas, neišsemiama. Ji visada su tavimi ir keičiasi pagal tavo tikėjimą ja ir jai keliamus reikalavimus.“
>
> Charlesas Fillmore'as (1854–1948)

Dabar, kai tu jau susipažinai su Paslaptimi, išvydęs turtuolį žinosi, kokios mintys daugiausia sukasi jo galvoje: apie turtą, o ne apie stygių. Būtent šios mintys jam ir *pritraukė* turtą – nesvarbu, sąmoningai ar ne. Jis daugiausia galvojo apie turtą, ir Visata, norėdama, kad jis tai gautų, pritraukė tinkamus žmones, tinkamas aplinkybes ir įvykius.

Turtus turi ne tik turtuoliai, bet ir tu. Vienintelis skirtumas tarp jūsų, kad jo galvoje sukosi mintys, atnešančios turtus. Tavo turtai laukia tavęs nematomybėje. Padaryk juos matomus, galvok apie juos!

Davidas Schirmeris

Kai pirmąsyk išgirdau apie Paslaptį, kiekvieną dieną gaudavau begales sąskaitų paštu. Ėmiau galvoti, kaip tai pakeisti. Traukos dėsnis tvirtina, kad tai, į ką susitelki, ir gausi. Taigi, gavęs pranešimą iš banko, sumą sąskaitoje užtušavau ir parašiau, kokią norėčiau turėti banke. Paskui pagalvojau: „O jei įsivaizduočiau paštu gaunąs čekius?" Ir aš įsivaizdavau pluoštelį čekių savo pašto dėžutėje. Jau po mėnesio reikalai ėmė keistis. Nuostabu – dabar paštu aš gaunu čekius. Būna ir viena kita sąskaita, bet daugiausia – čekiai.

Po filmo „Paslaptis" pasirodymo sulaukėme šimtų laiškų. Žmonės rašė, jog pažiūrėję filmą netikėtai ėmė gauti paštu čekius. O taip nutiko todėl, kad dėmesingai išklausė Davido pasakojimą. Tai jiems padėjo gauti čekius.

O štai aš pati, norėdama nebegalvoti apie krūvas sąskaitų, susigalvojau žaidimą. Apsimečiau, kad sąskaitos iš tikrųjų yra čekiai, ir, atplėšusi vokus, džiaugsmingai sušukdavau: „Dar daugiau pinigų! Ačiū. Ačiū." Pasiėmusi sąskaitą įsivaizduodavau, jog tai čekis, ir netgi mintyse prirašydavau nulį, kad būtų daugiau. Įsigijau bloknotą ir kiekvieno puslapio viršuje užrašydavau „Gauta", o apačioje įrašydavau sąskaitos sumą su pridėtu nuliu. Greta kiekvienos sumos rašydavau „Ačiū" ir pajusdavau dėkingumą už tai, ką gavau, kartais net apsiašarodavau. O paskui, paėmusi sąskaitas – jos atrodydavo mažytės, palyginti su tuo, ką gaudavau, – apmokėdavau su dėkingumu!

Niekada neatplėšdavau sąskaitų vokų, kol nepatikėdavau, jog ten čekiai. Jei žvilgtelėdavau anksčiau, mano širdis nerimastingai suspurdėdavo. Žinojau, kad tas nerimo pojūtis atneša man dar daugiau sąskaitų. Žinojau, jog turiu atsikratyti to jausmo, kad mano gyvenime atsirastų daugiau pinigų. Aš gaudavau krūvas sąskaitų, bet šis žaidimas man padėjo ir gyvenimas pasikeitė. Galima prisigalvoti daugybę žaidimų. Pasirinkite patys pagal tai, kas jums aktualu. Vos įtikėsite tuo, rezultatai netruks pasirodyti!

Loral Langemeier

Finansų strategė, patarėja finansų klausimais, lektorė

Užaugau su nuostata „Pinigai uždirbami sunkiai". Aš ją pakeičiau kita – „Pinigai gaunami lengvai ir dažnai." Iš pradžių tai atrodo kaip melas. Viena jūsų smegenų dalis sakys: „Et, melagi, pinigus uždirbti sunku." Turi žinoti, jog tokios nedidelės „teniso varžybos" tęsis kurį laiką.

Jei buvai įtikėjęs, jog pinigai pelnomi sunkiu darbu, nedelsdamas pamiršk tokias mintis. Šitaip galvodamas tu išspinduliuoji tam tikrą dažnį, ir tos mintys ima piešti tavo gyvenimo vaizdą. Pasinaudok Loral Langemeier patarimu ir pakeisk savo nuostatą kita – „Pinigai gaunami lengvai ir dažnai".

Davidas Schirmeris

Jei prakalbome apie turtus, reikėtų žinoti, kad juos susikrauti padeda mąstysena. Viskas priklauso nuo požiūrio.

Loral Langemeier

Sakyčiau, kad aštuoniasdešimt procentų mano konsultacijų susijusios su žmonių psichologija ir mąstysena. Žmonės linkę sakyti: „Tai tavo jėgoms, o ne mano." Bet jie gali pakeisti savo vidinį santykį su pinigais.

> „Tą akimirką, kai nuspręsi, kad tai, ką žinai, yra daug svarbiau už tai, kuo buvai mokytas tikėti, perjungsi kitą bėgį ieškodamas gausos. Sėkmė ateina iš vidaus, o ne iš išorės."
>
> Ralphas Waldo Emersonas (1803–1882)

Kad pritrauktum pinigus, turi *gerai* dėl jų *jaustis.* Suprantama, kai žmonėms stinga pinigų, jie apie juos teigiamai negalvoja. Bet šios neigiamos mintys apie pinigus neleis pinigams ateiti pas tave! Turi sustabdyti šį ratą, o sustabdyti galima pradėjus teigiamai galvoti apie pinigus ir jaučiant dėkingumą už tai, ką jau turi. Sakyk ir *pajusk:* „Turiu daugiau, nei reikia", „Daugybė pinigų jau plaukia pas mane", „Aš esu magnetas, pritraukiantis pinigus", „Man patinka pinigai, o pinigams patinku aš", „Aš kasdien gaunu pinigų", „Dėkui. Dėkui. Dėkui."

Duok pinigus, kad jų gautum

Davimas yra stiprus veiksmas, padedantis pritraukti daugiau pinigų į tavo gyvenimą, nes kam nors jų duodamas tarsi sakai: „Aš turiu daugybę pinigų.“ Tikriausiai nenustebsi sužinojęs, jog didžiausi pasaulio turtuoliai yra ir dosniausi filantropai. Jie atiduoda didžiules pinigų sumas, o kadangi duoda, tai, veikiant traukos dėsniui, Visata atsiveria ir užlieja juos milžiniškomis pinigų sumomis.

Jei galvoji: „Neturiu pakankamai pinigų, kad galėčiau duoti“ – viskas! Juk jau žinai, kodėl tu jų neturi! Taigi jeigu manai, jog neturi tiek pinigų, kad galėtum duoti, pradėk duoti. Jei parodysi tikėjimą davimo galia, iš traukos dėsnio gausi daugiau, nei esi davęs.

Tarp davimo ir aukojimo yra didžiulis skirtumas. Kai duodi iš širdies, užplūsta nepaprastai malonūs jausmai. Tokių jausmų nepatiri, kai aukoji. Nepainiok šitų dalykų – jie visiškai priešingi. Vienas išspinduliuoja stygiaus signalą, kitas – „daugiau negu pakanka“ signalą. Vienas skatina teigiamas mintis, kitas – neigiamas. Aukodamas neišvengiamai pajusi apmaudą. Duodamas iš visos širdies pajusi didžiausią džiaugsmą. Traukos dėsnis pagaus šį signalą ir sugrįš į tavo gyvenimą su keleriopa nauda. Šitą skirtumą galima *pajusti.*

JAMESAS RAY

Pažįstu nemažai žmonių, uždirbančių didžiulius pinigus, bet jų santykiai su žmonėmis nepavydėtini. Ir dėl to kalti ne turtai. Gali siekti pinigų, gali jų turėti, tačiau nebūtinai būsi turtingas. Nenoriu pasakyti, kad pinigai nėra turtas – be abejonės, taip nėra. Tačiau pinigai – tik maža turtų dalis.

Pažįstu daug „dvasingų" žmonių, tačiau jie yra ligoti ir jiems visą laiką trūksta pinigų. Tai irgi ne pyragai. Gyvenimas turėtų būti pilnavertis visose srityse.

Jei auklėjant buvai įtikintas, kad turtai nesusiję su dvasingumu, ypač rekomenduočiau paskaityti Catherine'os Ponder knygas iš serijos „Biblijos milijonieriai". Iš šių puikių knygų sužinosi, kad Abraomas, Izaokas, Jokūbas, Josefas, Mozė ir Jėzus ne vien mokė, kaip klestėti, apie klestėjimą, bet ir patys buvo milijonieriai. Apie tokį turtingą gyvenimą dauguma šiuolaikinių turtuolių galėtų tik pasvajoti.

Tu esi karalystės paveldėtojas. Į gausą turi prigimtinę teisę. Nors galbūt tau ir sunku tuo patikėti, tu turi raktą, atrakinantį į ją (visose gyvenimo srityse) duris. Tu vertas visų trokštamų gerų dalykų, ir Visata tai tau duos – tereikia prisišaukti juos. Dabar tu jau žinai Paslaptį. Turi raktą. O tas raktas – tai tavo mintys ir jausmai. Šį raktą savo rankose laikai visą gyvenimą.

Marci Shimoff

Vakaruose žmonės beatodairiškai siekia sėkmės. Jie nori ištaigingų namų, nori, kad klestėtų jų verslas, trokšta visokiausių išorinių dalykų. Bet ką pamatome, kai gauname taip trokštamas materialias vertybes? Kad jos nebūtinai atneša laimę. Taigi siekdami materialių dalykų, kurie, kaip tikimės, padarys mus laimingus, mes žengiame žingsnį atgal.

Pirmiausia reikėtų siekti vidinio džiaugsmo, vidinės ramybės, vidinės įžvalgos, ir tik tada atsiras visi tie išoriniai dalykai.

Tau tereikia dirbti vidinį darbą! Išorinis pasaulis tėra pasekmių pasaulis, tai mūsų minčių išdava. Nustatyk savo minčių dažnį laimei pasiekti. Spinduliuok vidinį džiaugsmą ir laimę, visa savo esybe perduok tai Visatai, ir gyvensi Žemėje kaip Rojuje.

Paslapties santrauka

- *Norėdamas pritraukti pinigų, galvok apie turtą. Nepavyks į savo gyvenimą pritraukti daugiau pinigų, jei galvosi apie jų stygių.*

- *Pasitelk vaizduotę ir patikėk, kad jau turi taip trokštamus pinigus. Suvaidink, neva jau turi sukaupęs turtus, ir pamatysi, kaip imsi teigiamai galvoti apie pinigus. Kai imsi gerai vertinti pinigus, jie vis labiau ims plūsti į tavo gyvenimą.*

- *Jaustis laimingam dabar – pats greičiausias būdas praturtėti.*

- *Pamatęs bet kokį patinkantį daiktą, kartok: „Aš galiu tai sau leisti! Galiu tai įsigyti!“ Taip pakeisi savo mąstyseną ir pradėsi pozityviau galvoti apie pinigus.*

- *Duok kitiems pinigų, kad į savo gyvenimą pritrauktum jų daugiau. Kai dosniai dalini pinigus ir tai darai iš širdies, tarsi sakai sau: „Aš turiu daug pinigų.“*

- *Įsivaizduok, kad paštu gauni čekius.*

- *Tegu mintys apie gausą nustelbia mintis apie nepriteklių. Galvok apie turtą.*

Santykių Paslaptis

Marie Diamond

Fengšui konsultantė, mokytoja ir lektorė

Paslaptis reiškia, kad esame savo Visatos kūrėjai ir kad kiekvienas mūsų noras pasireikš mūsų gyvenime. Todėl mūsų troškimai, mintys ir jausmai nepaprastai svarbūs, nes jie vienaip ar kitaip realizuosis.

Kartą apsilankiau žymaus filmų dailininko ir prodiuserio namuose. Visose kertėse kabėjo po gražų nuogos moters, įsisupusios į audeklą, paveikslą. Ji tarsi nusigręždama sakė: „Nematau tavęs." „Manau, turi problemų meilės reikaluose", – tariau jam. Jis paklausė, ar kartais nesu aiškiaregė. „Ne, – atsakiau, – bet pažvelk – septyniose vietose tos pačios moters atvaizdas." „Bet man taip patinka. Pats nutapiau", – tarstelėjo jis. „Tai dar blogiau, nes tapydamas į juos sudėjai visą savo kūrybinę energiją", – atsakiau aš.

Jis buvo patrauklus vyras, jį supo aktorės, nes toks jo darbas, bet nebuvo užmezgęs nė vieno meilės romano. Aš jo paklausiau: „O ko tu nori?" „Norėčiau paskirti pasimatymą trims moterims per savaitę", – atsakė. „Puiku, nutapyk tai. Nutapyk save su trimis moterimis ir nukabinėk tais paveikslais visas savo būsto kertes", – atsakiau.

Po šešių mėnesių susitikau jį ir paklausiau: „Kaip tavo meilės reikalai?" „Puikiai! Moterys skambina man, nori susitikti." „Nes toks tavo noras", – pasakiau. „Jaučiuosi puikiai. Turiu pasakyti, metų metus neidavau į pasimatymus, o dabar – trys per savaitę. Jos varžosi dėl manęs." „Sėkmės!" – tariau. Tada jis pasakė: „Bet aš norėčiau stabilumo. Norėčiau santuokos, meilės." „Tai nupiešk šitai", – atsakiau. Jis nupiešė gražius, romantiškus santykius ir po metų susituokė. Jis labai laimingas.

Taip atsitiko todėl, kad jis išreiškė kitą norą. Jis šito troško metų metus, bet noras negalėjo išsipildyti, nes tam nebuvo sąlygų. Išorinės aplinkybės – namai – visą tą laiką prieštaravo jo norui. Taigi jei perpratai, ką norėjau pasakyti, pradėk eksperimentuoti.

Marie Diamond kliento istorija puikiai parodo, kaip fengšui atspindi mokymą apie Paslaptį. Ji iliustruoja, kokios kūrybingos gali būti mūsų mintys, jeigu tik jas pasitelkiame. Prieš kiekvieną veiksmą būna mintis. Mintys sukuria žodžius, kuriuos ištariame, jausmus, kuriuos patiriame, ir veiksmus, kurių imamės. Veiksmai turi ypatingos galios, nes būtent mintys paskatino mus veikti.

Mes galime net nesuprasti savo slapčiausių minčių, bet galime pamatyti, apie ką galvojome, įvertinę savo veiksmus. Filmo prodiuserio slapčiausios mintys atsispindėjo jo veiksmuose ir aplinkoje. Jis nutapė daugybę nuo jo nusigręžiančių moterų. Ar supranti, kokios buvo slapčiausios jo mintys? Nesvarbu, kad jis sakė norįs susitikinėti su daug moterų, bet slapčiausios jo mintys neatsispindėjo jo paveiksluose. Sąmoningai pasirinkdamas keisti veiksmus, jis visas savo mintis sutelkė į tai, ko troško. Taip paprastai pakeitęs savo požiūrį, jis nutapė gyvenimą, kurio troško, ir visa tai realizavosi pagal traukos dėsnį.

Kai nori ką nors į savo gyvenimą pritraukti, įsitikink, ar tavo veiksmai neprieštarauja norams. Bene ryškiausią pavyzdį pateikė Mike'as Dooley, vienas iš „Paslaptyje" kalbėjusių mokytojų, savo garso kasetėje „Įtakos Visatai darymas ir magijos pasitelkimas". Joje pasakojama apie moterį, troškusią į savo gyvenimą pritraukti tobulą partnerį. Ji viską darė teisingai: aiškiai žinojo, kokio vyro norėtų, sudarė detalų jo savybių sąrašą, įsivaizdavo jį savo gyvenime. Nežiūrint to, svajonių vyras nesirodė.

Vieną dieną, grįžusi namo, ji pastatė automobilį garaže ir staiga suvokė, jog jos veiksmai prieštarauja jos norui. Jos automobilis stovėjo garažo viduryje, taigi vietos jos tobulojo partnerio automobiliui tiesiog nebuvo! Jos veiksmai aiškiai bylojo Visatai, jog ji netiki, jog gaus tai, ko taip trokšta. Taigi ji nedelsdama išvalė garažą ir pastatė automobilį vienoje garažo pusėje, kitą palikdama svajonių jaunikio automobiliui. Paskui nuėjo į savo miegamąjį ir atidarė drabužių prigrūstą spintą. Joje vietos partnerio drabužiams nebuvo likę. Tad ji perdėjo drabužius taip, kad jos atsirastų. Be to, ji miegodavo lovos viduryje, todėl dabar pradėjo miegoti „savo" pusėje, palikdama vietos partneriui.

Moteris prie pietų stalo savo istoriją papasakojo Mike'ui Dooley , o greta sėdėjo tobulas partneris. Po to, kai ėmėsi visų šių veiksmingų dalykų, ir pradėjo elgtis taip, lyg jau turėtų tobulą partnerį, ji ir sutiko jį savo gyvenime. Dabar jie laimingai gyvena susituokę.

Kitas paprastas „elgesio taip, lyg" pavyzdys yra mano sesers Glendos, filmo „Paslaptis" statytojos, istorija. Ji dirbo ir gyveno Australijoje, bet norėjo persikelti į JAV ir dirbti kartu su manimi biure. Glenda puikiai žinojo Paslaptį, todėl darė viską, kad pasiektų, ko norinti, tačiau laikas bėgo, o ji vis dar tebebuvo Australijoje.

Tada Glenda pergalvojo savo veiksmus ir suprato, kad nesielgia taip, lyg jau turėtų, ko trokšta. Taigi ji įnirtingai ėmėsi veiksmų. Pasirengė išvykimui: atšaukė narystes, išdalijo daiktus, kurių nereikės, išsitraukė ir supakavo lagaminus. Po keturių savaičių Glenda buvo JAV ir dirbo mūsų biure.

Pagalvok, ko prašai, ir įsitikink, ar tavo veiksmai atspindi tai, ką nori gauti, ir ar neprieštarauja tavo prašymui. Elkis taip, lyg jau gautum tai. Daryk viską taip, lyg gautum tai šiandien, imkis veiksmų, kurie atspindėtų tavo lūkesčius. Padaryk vietos, kad galėtum priimti tai, ko nori. Taip elgdamasis išsiųsi savo lūkesčių signalą.

Tavo užduotis – dirbti su pačiu savimi

LISA NICHOLS

Pirmiausia svarbu suprasti, kas dalyvauja santykiuose – juk ne vien tavo partneris. Iš pradžių turi suprasti pats save.

JAMESAS RAY

Kaip gali tikėtis, kad kas nors bendrautų su tavimi, jeigu pats sau nepatinki? Ir šiuo atveju veiks traukos dėsnis, arba Paslaptis. Turi gerai tai įsisąmoninti. Štai ką turėtum apsvarstyti: „Ar elgiuosi su savimi taip, kaip norėčiau, kad kiti žmonės su manimi elgtųsi?“

Jei nesielgsi su savimi taip, kaip norėtum, kad kiti su tavimi elgtųsi, niekada nepakeisi esamos padėties. Veiksmai atspindi mintis, tad jeigu nemyli ir negerbi savęs, išleidi signalą, kuris tarsi sako, jog nesi labai svarbus, labai vertas dėmesio, ko nors nusipelnęs. Šis signalas bus siunčiamas toliau ir tu vis dažniau atsidursi situacijose, kuriose žmonės elgsis su tavimi netinkamai. Žmonės tėra rezultatas. Priežastis – tavo mintys. Turi pradėti mylėti ir gerbti save ir išspinduliuoti atitinkamo dažnio signalą. Tada traukos dėsnis išjudins visą Visatą, ir tavo gyvenime atsiras daugybė tave mylinčių ir gerbiančių žmonių.

Nemažai žmonių aukojasi dėl kitų, manydami, jog tokiu būdu tampa gerais žmonėmis. Netiesa! Aukojamasi, kai jaučiamas visiškas stygius, nes manoma: „Visiems nepakaks, tai aš apsieisiu.“

Šie jausmai nėra geri, todėl galų gale liks tik apmaudas. Gausa skirta visiems, ir kiekvienas žmogus yra pats atsakingas už savo norų patenkinimą. Negalima jos pritraukti kitiems, nes neįmanoma už kitus galvoti ir jausti. Tavo užduotis – dirbti su pačiu savimi. Kai gerai jausiesi, išspinduliuosi tokį dažnį, kuris paveiks ir aplinkinius.

DR. JOHNAS GRAY

Turi pats apsispręsti. Nerodyk į kitą sakydamas: „Tu esi man skolingas, duok dar daugiau." Priešingai – duok pats sau daugiau. Rask laiko, kad galėtum daugiau sau duoti ir tam tikra prasme visiškai užsipildyti, kad iš to pilnumo galėtum duoti kitiems.

„Išmok mylėti <…> pripildyk meile save, kol tapsi magnetas."

Charlesas Haanelis

Dauguma mūsų buvome mokomi apie save pagalvoti paskiausiai. Dėl to jautėmės nevisaverčiai, nieko verti. Kai šie jausmai apima, pritraukiame vis daugiau situacijų, kuriose jaučiamės dar menkesni. Turime keisti tokį mąstymą.

„Be abejonės, kai kam tokia meilės sau idėja gali pasirodyti labai svetima, savanaudiška ir negailestinga. Bet į tai galima pažvelgti ir iš kitos pusės, jei suprasime, kad rūpindamiesi visų pirma savimi, kaip nulemta Aukštybėse, iš tikrųjų rūpinamės kitais, ir tai yra vienintelis būdas nuolatos būti naudingu kitiems ir sulaukti naudos iš kitų."

Prentice'as Mulfordas

Pats savyje neturėdamas nieko, neturėsi ko duoti ir kitiems. Todėl būtina, kad pirmiausia pasirūpintum savimi. Iš pradžių stebėk, ar būni džiaugsmingas. Žmonės patys atsako už savo džiaugsmą. Kai rūpiniesi savo džiaugsmingumu ir darai tai, kas teikia tau pasigėrėjimą, aplinkui skleidi džiaugsmą ir rodai gerą pavyzdį vaikams bei kitiems aplinkiniams. Kai tau džiugu, nereikia net galvoti, kaip kam nors ką duoti. Tai vyksta natūraliai.

LISA NICHOLS

Užmegzdama santykius su vyrais tikėdavausi, kad partneris atskleis, kokia esu graži, nes pati neįžvelgiau. Paauglystėje mano herojai, o tiksliau herojės, buvo Bioninė Moteris, Stebuklų Moteris ir Čarlio Angelai. Jie atrodė nuostabūs, nes buvo nepanašūs į mane. Bet taip buvo iki tol, kol aš pamilau Lisą – kol pamilau savo kavos spalvos odą, putlias lūpas, apvalius klubus, juodus garbanotus plaukus. Taip buvo iki tol, kol ėmiau manyti, kad ir visas pasaulis gali mane įsimylėti.

Save mylėti reikia todėl, kad be to negalima gerai jaustis. Būdamas blogos nuomonės apie save, užkerti kelią meilei ir kitiems geriems dalykams, kuriuos Visata tau yra parengusi.

Blogai apie save manydamas tarsi išsunki iš savęs gyvastį, nes gėris bet kurioje srityje – įskaitant sveikatą, turtą ir meilę – turi džiaugsmo ir geros savijautos dažnį. Kai trykšti energija, jautiesi puikiai ir gyveni pasiturimai, išspinduliuoji geros savijautos dažnį. Kai esi blogos nuomonės apie save, tavo spinduliuojamas dažnis pritraukia daugiau žmonių, situacijų ir aplinkybių, priversiančių tave ir toliau būti blogos nuomonės apie save.

Pakeisk savo nusistatymą ir pradėk galvoti apie tai, ką turi puikaus savyje. Ieškok teigiamų dalykų savyje. Kai susitelksi į juos, traukos dėsnis padės atsiskleisti dar geresnėms tavo savybėms. Pritrauksi tai, apie ką galvosi. Užtenka pagalvoti apie tai, kas tavyje gera, ir traukos dėsnis atsiųs dar daugiau *panašių* minčių. Ieškok gerų bruožų savyje. Ieškok ir tikrai rasi!

Bobas Proctoras

Tu tikrai turi ką nors nuostabaus savyje. Štai aš save stebėjau keturiasdešimt ketverius metus. Kartais man tiesiog norisi save pabučiuoti! Ir tu turi pamilti save. Tai ne pasipūtimas. Turiu omeny sveiką pagarbą sau. Mylėdamas save kartu pamilsi ir kitus.

Marci Shimoff

Bendraudami su žmonėmis esame įpratę skųstis vieni kitais. Pavyzdžiui: „Mano bendradarbiai tikri tinginiai, vyras veda mane iš proto; mano vaikai labai sunkaus būdo.“ Yra įprasta sutelkti dėmesį į kitus žmones. Bet kad santykiai klostytųsi sėkmingai, turime galvoti tik apie tai, kas vertingiausia kitame žmoguje, o ne skųstis. Skųsdamiesi tik dar daugiau pritraukiame tai, kas mums nepatinka.

Net jeigu iš tikrųjų išgyveni sunkius laikus – viskas nesiseka, nesutariate, esi nuolat kritikuojamas, – vis tiek gali pagerinti šiuos santykius. Paimk popieriaus lapą ir artimiausias trisdešimt dienų rašyk, ką labiausiai vertini viename ar kitame žmoguje. Apgalvok visas priežastis, kodėl tu jį myli. Pavyzdžiui, tau patinka jo humoro jausmas, nuolat jauti jo palaikymą. Ir štai tada pastebėsi, kad šitaip vertindamas ir pripažindamas žmogaus privalumus, pritrauki teigiamus dalykus ir problemos išnyksta savaime.

LISA NICHOLS

Labai dažnai mes suteikiame galimybę kitiems sukurti mums laimę, ir kaskart jiems nepavyksta jos sukurti tokios, kokios trokštame. Kodėl? Nes vienintelis žmogus, atsakingas už tavo džiaugsmą ir laimę, esi tu pats. Tad netgi tavo tėvai, vaikai, sutuoktinis – jie negali sukurti tau laimės. Jie gali tik džiaugtis kartu tavo laime. Tavo džiaugsmas glūdi tavyje.

Džiaugsmas susijęs su meilės dažniu – pačiu aukščiausiu ir stipriausiu iš visų dažnių. Meilės nepalaikysi suspaudęs rankose. Ją gali tik *jausti* savo širdyje. Tai tam tikra būsena. Tu gali pamatyti jos atšvaitus žmonėse, bet meilė yra jausmas, ir tik tu pats gali išspinduliuoti šį jausmą. Tu be galo be krašto gali skleisti meilę, o kai myli, esi visiškoje darnoje su Visata. Mylėk viską, ką gali. Mylėk visus, ką gali. Sutelk dėmesį tik į tai, ką myli, pajusk meilę, ir nė nepastebėsi, kaip toji meilė ir džiaugsmas sugrįš pas tave daug stipresni. Traukos dėsnis būtinai atsiųs daugiau meilės vertų dalykų. Jei spinduliuosi meilę, atrodys, tarsi visa Visata stengiasi suteikti tau džiaugsmo, viską daro dėl tavęs, atveda pas tave gerus žmones. Tiesą pasakius, taip ir yra.

Paslapties santrauka

- *Norėdamas užmegzti santykius, įsitikink, ar tavo mintys, žodžiai, veiksmai ir aplinka neprieštarauja norams.*

- *Dirbk su savimi. Kol neprisipildysi pats, neturėsi ko duoti kitiems.*

- *Mylėk ir gerbk save – taip pritrauksi žmones, kurie rodys tau meilę ir pagarbą.*

- *Būdamas blogos nuomonės apie save, užkerti kelią meilei ir pritrauki vis daugiau žmonių ir situacijų, priversiančių tave ir toliau būti blogos nuomonės apie save.*

- *Galvok tik apie tas savo savybes, kurios tau patinka, ir traukos dėsnis padės atsiskleisti kitoms geroms tavo savybėms.*

- *Kad santykiai klostytųsi sėkmingai, galvok tik apie tai, kas vertingiausia kitame žmoguje, o ne skųskis. Galvodamas apie privalumus pritrauksi daugiau teigiamų dalykų.*

Sveikatos Paslaptis

DR. JOHNAS HAGELINAS

KVANTINĖS FIZIKOS SPECIALISTAS IR VIEŠOSIOS POLITIKOS ŽINOVAS

Mūsų kūnas yra mūsų minčių produktas. Medicinos mokslas jau ima suprasti, kaip mintys ir jausmai nulemia mūsų fizinių kūnų medžiagą, struktūrą ir funkcionavimą.

DR. JOHNAS DEMARTINI

Medicinoje yra žinomas placebo efektas. Pats placebas nedaro jokio poveikio žmogaus organizmui – kaip gliukozės tabletė.

Tačiau jeigu ligoniui pasakai, kad tokia tabletė yra nepaprastai veiksminga, kartais atsitinka taip, kad ji veikia taip pat, o gal net stipriau, nei tikrieji vaistai, skirti tai ligai gydyti. Nustatyta, jog kartais gydant žmogaus mintys yra gerokai svarbesnis veiksnys negu vaistai.

Jeigu jau pradedi suvokti Paslapties didingumą, vis aiškiau imsi matyti tam tikrų žmonijoje vykstančių reiškinių paslėptą klodą, taip pat ir sveikatos srityje. Placebo efektas – galingas reiškinys. Kai ligonis *galvoja* apie tabletės gydomąją galią, jis *sulaukia* to, kuo *tiki,* ir pasveiksta.

DR. JOHNAS DEMARTINI

Tarkime, kas nors suserga ir gali rinktis: išsiaiškinti, kokios mintys sukėlė ligą, arba imti vartoti vaistus. Jeigu situacija tokia, kad gresia mirtis, tada, žinoma, protingiausia pasirinkti vaistus, kol suprasi, apie ką sukasi mintys. Taigi nėra reikalo atsisakyti vaistų. Visos gydymo formos reikalingos.

Gydymas mintimis gali puikiai derėti su vaistais. Jei skauda, vaistai numalšins skausmą, o tai leis labiau susitelkus galvoti apie sveikatą. Kiekvienas gali galvoti apie savo nepriekaištingą sveikatą, ir visai nesvarbu, kas vyksta aplinkui.

LISA NICHOLS

Visata – tai gausos šedevras. Jei atsiversi, norėdamas pasisemti iš jo gėrybių, tiesiog nustebsi, patirsi džiaugsmą ir palaimą, nes visi tie nuostabūs dalykai, kuriuos Visata yra parengusi tau, – gera sveikata, turtai, gamta – bus tau atsiųsti. Bet jeigu slopinsi save neigiamomis mintimis, sunegaluosi, pajusi diskomfortą, skausmus ir kiekviena diena atrodys kaip nepakeliama kančia.

Dr. Benas Johnsonas

Gydytojas, knygų autorius, gydymo energija specialistas

Yra žinoma tūkstančiai diagnozių ir ligų. Liga tėra silpna grandis ir jos visos atsiranda dėl streso. Jei per daug įtempsime grandinę, per daug apkrausime sistemą, viena iš grandžių trūks.

Įtampa prasideda nuo vienos negatyvios minties. Prasprūsta viena mintis, ir tada jų pasipila vis daugiau, kol pajuntame įtampą. Įtampa yra rezultatas, o to priežastis – negatyvus mąstymas, išsirutuliojęs iš vienos menkutės negatyvios minties. Kad ir kas pasireikštų, tai galima pakeisti... viena mažute pozityvia mintimi, o paskui – kita.

Dr. Johnas Demartini

Mūsų fiziologinė sistema sukuria ligą kaip atsakomąją reakciją, kad suprastume, jog esame praradę pusiausvyrą arba nespinduliuojame meile ir dėkingumu. Taigi kūnas siunčia ženklus. Ligos simptomai nėra baisus dalykas.

Dr. Demartini nori mums pasakyti, kad meilė ir dėkingumas išstums iš mūsų gyvenimo visus negatyvius dalykus, kad ir kaip jie būtų atsiskleidę. Meilė ir dėkingumas gali praskirti jūros vandenis, išjudinti kalnus, sukurti stebuklus. Meilė ir dėkingumas gali sunaikinti visas ligas.

MICHAELIS BERNARDAS BECKWITHAS

Dažnai klausiama: „Jei žmogus savo kūno tvirtovėje randa ligą ar patiria kokį diskomfortą gyvenime, ar galima tai iš esmės pakeisti „teisingo“ mąstymo galia“? Atsakymas aiškus – taip.

Juokas – geriausias vaistas

CATHY GOODMAN ASMENINĖ PATIRTIS

Man buvo nustatytas krūties vėžys. Širdies gilumoje tvirtai tikėjau, kad jau pasveikau. Kasdien kartodavau: „Dėkoju už išgydymą.“ Be paliovos kartodavau: „Dėkoju už išgydymą.“ Visa širdimi tikėjau, kad esu išgydyta. Žvelgiau į save taip, tarsi mano kūne niekada ir nebūtų buvę vėžio.

Norėdama išsigydyti, žiūrėdavau labai juokingus filmus. Taigi juokiausi, juokiausi ir dar kartą juokiausi. Negalėjau sau leisti jokios įtampos, nes tai vienas blogiausių dalykų norint pasveikti.

Praėjo trys mėnesiai nuo tada, kai buvo diagnozuotas vėžys, iki tada, kai jis buvo išgydytas. Išgydytas be jokios radiacijos ar chemoterapijos.

Ši nuostabi, įkvepianti Cathy Goodman istorija parodo, kaip šiame procese veikia trys galingos jėgos: dėkingumo galia padeda išsigydyti, tikėjimo galia padeda gauti tai, ko trokšti, o juoko, džiaugsmo galia padeda sunaikinti ligą kūne.

Cathy, įkvėpta Normano Cousinso istorijos, pasitelkė juoko galią.

Normanui buvo nustatyta „neišgydoma" liga. Gydytojai pasakė, kad jam liko gyventi vos keli mėnesiai. Normanas pasiryžo pats save išsigydyti. Taigi tris mėnesius jis težiūrėjo linksmus filmus ir kvatojos, kvatojos, kvatojos. Per tuos mėnesius liga išnyko, o gydytojai pareiškė, jog tai stebuklas.

Juokdamasis Normanas atsikratė negatyvumo ir kartu ligos. Juokas iš tiesų *yra* geriausias vaistas.

Dr. Benas Johnsonas

Mes visi gimstame su įdiegta programa. Ji vadinasi „savigyda". Kai susižeidi, žaizda užgyja. Kai susergi infekcine liga, imuninė sistema pasirūpina bakterijomis, ir išgyji. Imuninė sistema sukurta taip, kad pati išgydytų kūną.

Bobas Proctoras

Liga negali įsitvirtinti kūne, kai žmogaus emocinė būklė stabili. Kiekvieną sekundę kūnas atsikrato milijonų ląstelių, bet kartu sukuria milijonus naujų.

Dr. Johnas Hagelinas

Tiesą pasakius, kai kurios mūsų kūno dalys atsinaujina kasdien. Kitoms prireikia keleto mėnesių, dar kitoms – poros metų. Jau po keleto metų mes įgyjame visiškai naują fizinį kūną.

Jeigu visas mūsų kūnas atsinaujina kas keleri metai, kaip mokslas yra įrodęs, tai kodėl apsigimimai ar ligos pasilieka kūne metų metus? Tai priklauso nuo mūsų minčių, nuo požiūrio į ligą, nuo jai skiriamo dėmesio.

Galvok apie tai, kas geriausia

Galvok apie tai, kas geriausia. Ligos negali įsitvirtinti kūne, kurį valdo harmoningos mintys. Įsisąmonink, kad egzistuoja tik geri dalykai, ir jeigu tik į juos kreipsi dėmesį, juos ir prisikviesi. Blogos mintys – visų žmonijos negerovių, įskaitant ligas, skurdą bei nepasitenkinimą, priežastis. Galvodami negatyviai užkertame kelią į savo teisėtą paveldą. Pareikšk, nusiteik: „Aš mąstau tik pozityviai. Aš matau tik tai, kas geriausia. Aš esu tobulumo įsikūnijimas."

Man pavyko išguiti bet kokį sustingimą ir nejudrumą iš savo kūno. Įsivaizdavau savo kūną judrų, tobulą it kūdikio, ir sąnarių nelankstumas, skausmas pradingo. Pasiekiau tai per naktį.

Įsitikinimas, jog sensti, glūdi mūsų protе. Mokslas teigia, jog mūsų kūnas per labai trumpą laiką visiškai atsinaujina. Senėjimas – tai riboto mąstymo pasekmė, todėl išmesk tokias mintis iš galvos ir įsikalk sau, jog tavo kūnui vos mėnuo, nesvarbu, kiek gimtadienių esi įsirašęs galvoje. Per kitą gimtadienį padaryk sau paslaugą – atšvęsk jį lyg savo pirmąjį gimtadienį! Neprismaigstyk į tortą šešiasdešimt žvakučių, nebent norėtum prisišaukti senatvę. Deja, Vakarų visuomenė per daug mąsto apie amžių, o iš tiesų nesenėjama.

Tu gali *susigalvoti* puikią sveikatą, nepriekaištingą kūną, idealų svorį ir amžiną jaunystę. Tai gali realizuoti nuolat galvojant apie tai, kas geriausia.

BOBAS PROCTORAS

Jei sergi ir nuolatos apie tai galvoji, kalbi su žmonėmis apie savo ligą, sukuri dar daugiau nesveikų ląstelių. Įsivaizduok esąs visiškai sveikas. Tegu gydytojas rūpinasi tavo liga.

Labai dažnai žmonės sirgdami visą laiką tauškia apie savo ligą. Taip yra todėl, kad jie nuolatos apie ją galvoja, o žodžiai išreiškia mintis. Jei šiek tiek negaluoji, nekalbėk apie tai – nebent norėtum dar labiau susirgti. Žinok, kad nuo minčių daug kas priklauso, todėl kuo dažniau kartok: „Jaučiuosi nuostabiai. Man taip gera", ir iš tikrųjų pasijusi geriau. Jei jautiesi nekaip ir kas nors pasiteirauja apie savijautą, tiesiog pajusk dėkingumą šiam žmogui už priminimą, jog reikia galvoti apie puikią savijautą. Kalbėk tik tai, ką norėtum turėti.

Ligos nepasigausi, jeigu nemanysi, kad gali ją pasigauti, o jei galvosi, kad gali susirgti, ligą prisikviesi savo mintimis. Nesveikatą taip pat gali prisišaukti, jei klausysiesi kitų žmonių šnekų apie jų susirgimus. Jei klausysiesi, visą dėmesį ir mintis sutelksi į ligą, o taip darydamas, gausi ko prašąs. Žmonėms tokiu būdu tikrai nepadėsi. Tik pridėsi energijos jų ligoms. Jeigu iš tikrųjų nori padėti žmogui, jei tik gali, pakreipk pokalbį kita linkme – užvesk kalbą apie malonius dalykus arba tiesiog išeik. Pasišalinęs sukaupk mintis bei jausmus ir įsivaizduok tą žmogų besijaučiantį gerai, o tada pamiršk.

Lisa Nichols

Tarkime, yra du žmonės, abu užklupo liga, bet vienas nusprendžia galvoti tik apie tai, kas teikia džiaugsmą. Jis pasirenka gyvenimą su viltimi, naujomis galimybėmis, galvoja apie tai, kuo galėtų džiaugtis ir už ką galėtų būti dėkingas. O štai kitas žmogus (jo diagnozė ta pati) pasirinko kitą kelią – nuolat galvoja apie ligą, skausmą ir apie tai, jog „jam galas".

Bobas Doyle'is

Kai žmonės visą dėmesį sutelkia į tai, kas bloga, ir į simptomus, tos blogybės lieka visam laikui. Jie neišgis, kol nenukreips savo dėmesio nuo „sergu" į „jaučiuosi gerai". Toks yra traukos dėsnis.

> „Pasistenkime neužmiršti, kad kiekviena nemaloni mintis – tai tiesiogine žodžių prasme į kūną įdedama blogybė."
>
> Prentice'as Mulfordas

Dr. Johnas Hagelinas

Linksmesnės mintys skatina organizmo gyvybinę veiklą. Žmogus tampa laimingesnis, sveikesnis. Įrodyta, kad neigiamos mintys bei įtampa stipriai sumažina kūno jėgas ir nuslopina smegenų veiklą, nes būtent mintys ir jausmai visą laiką tvarko, pertvarko ir kuria mūsų kūną.

Nesvarbu, kas vyksta tavo kūne, – tai galima pakeisti tiek iš vidaus, tiek iš išorės. Pradėk galvoti apie linksmesnius dalykus ir *būk* laimingas. Laimė – tai tam tikra būsena. Uždėk pirštą ant mygtuko „Jauskis laimingas“. Dabar paspausk jį tvirtai ir neatleisk, kad ir kas aplink tave vyktų.

DR. BENAS JOHNSONAS

Pašalink įtampą kūne, ir jis darys tai, kam buvo sukurtas. Jis išgydys save.

Nereikia kovoti, kad atsikratytum ligos. Paprasčiausiai reikia atsikratyti neigiamų minčių, ir į kūną sugrįš sveikata. Kūnas pats save pagydys.

MICHAELIS BERNARDAS BECKWITHAS

Mačiau, kaip atsistatė inkstai. Mačiau, kaip išnyko vėžys. Mačiau, kaip sugrįžo regėjimas.

Prieš atrasdama Paslaptį maždaug trejus metus skaičiau su akiniais. Vieną vakarą bandžiau atsekti Paslapties pėdsakus per visą istoriją ir pastebėjau, kaip siekiu akinių, kad geriau matyčiau, ką skaitau. Stabtelėjau. Suvokus, ką darau, į mane trenkė tartum žaibas.

Buvau prisiklausiusi, jog su amžiumi regėjimas prastėja. Matydavau, kaip žmonės tiesia rankas, kad atitolintų skaitinį ir galėtų bent ką nors perskaityti. Buvau įsikalusi į galvą, jog senstant regėjimas silpsta, tai pritraukiau tai sau. Nors ir nesąmoningai, bet buvau įsikalusi tai į galvą. Taip pat žinojau, kad tai, ką prisišaukiau mintimis, galiu mintimis ir pakeisti, todėl nedelsdama pradėjau vizualizuoti save matančią taip gerai, kaip kad mačiau dvidešimt vienerių. Įsivaizdavau save tamsiuose restoranuose, lėktuvuose, prie kompiuterio, skaitančią lengvai ir be didesnių pastangų. Aš vis kartojau: „Matau aiškiai. Matau aiškiai." Jaučiau didžiulį dėkingumą ir džiaugiausi savo aštriu regėjimu. Po trijų dienų mano regėjimas atsistatė, ir dabar man nebereikia akinių skaitymui. *Matau aiškiai.*

Kai papasakojau dr. Benui Johnsonui, vienam iš „Paslapties" mokytojų, ką padariusi, jis man pasakė: „Ar įsivaizduoji, kas nutiko tavo akims per tas tris dienas?" „Ne, ir dėkui Dievui, kad nežinau, nes tos minties net nebuvo mano galvoje! Aš tik žinojau, kad galiu tai padaryti, ir kad galiu tai padaryti greitai", – atsakiau. (Kartais mažiau informacijos yra geriau!)

Dr. Johnsonas iš savo kūno buvo pašalinęs „nepagydomą" ligą, tad mano regėjimo atsistatymas man atrodė nereikšmingas, palyginti su jo nepaprasta istorija. Atvirai pasakius, tikėjausi, kad regėjimas atsistatys po nakties, tad trys dienos tikrai neatrodė kaip stebuklas. Neužmiršk, laikas ir dydis Visatoje neegzistuoja. Spuogą išgydyti taip pat lengva kaip ir ligą. Procesas toks pat; viskas priklauso nuo minčių. Taigi jei prisitraukei kokių ligų, sumažink jas savo mintimis iki spuogo dydžio, atsikratyk neigiamų minčių, o tada galvok tik apie nepriekaištingą sveikatą.

Nėra nieko, ko nebūtų galima išgydyti

DR. JOHNAS DEMARTINI

Visada sakau, kad „neišgydoma“ reiškia „išgydoma iš vidaus“.

Aš tikiu ir žinau, kad nėra nieko, ko nebūtų galima išgydyti. Bet kuri vadinamoji „neišgydoma“ liga anksčiau ar vėliau buvo išgydyta. Mano mintyse ir pasaulyje, kurį aš kuriu, „neišgydoma“ neegzistuoja. Šiame pasaulyje visiems užteks vietos, tad eikš ir prisijunk prie manęs ir visų tų, kurie jame yra. Šiame pasaulyje stebuklai yra kasdienybė. Jis perpildytas gėrybių, jame visa tai, kas gera, egzistuoja dabar, tavyje. Panašu į rojų, ar ne? Taip ir yra.

MICHAELIS BERNARDAS BECKWITHAS

Gali pakeisti savo gyvenimą ir pats išgyti.

MORRISAS GOODMANAS

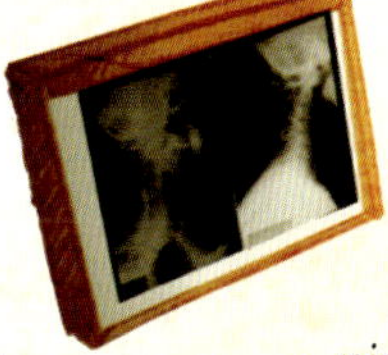

KNYGŲ AUTORIUS, PASAULYJE ŽINOMAS LEKTORIUS

Mano istorija prasidėjo 1981 m. kovo 10-ąją. Ši diena iš esmės pakeitė mano gyvenimą. Jos niekada nepamiršiu. Mano lėktuvas patyrė avariją. Atsidūriau ligoninėje visiškai suparalyžiuotas. Lūžo mano stuburas – pirmasis ir antrasis kaklo slanksteliai, netekau rijimo reflekso – negalėjau nei gerti, nei valgyti, be to, buvo pažeista diafragma – negalėjau kvėpuoti. Galėjau tik mirksėti akimis. Gydytojai, žinoma, teigė, jog visą gyvenimą liksiu kaip daržovė ir tegalėsiu mirksėti. Tokį jie mane įsivaizdavo, bet man buvo nesvarbu, ką jie galvoja. Svarbiausia – ką galvojau aš pats. Aš įsivaizdavau, kaip tapsiu normaliu žmogumi ir kaip išeisiu iš šios ligoninės.

Ligoninėje dirbau vien savo mintimis, o kai mąstai, gali susigrąžinti tai, ką esi praradęs.

Man buvo uždėtas respiratorius, ir gydytojai tvirtino, kad pats daugiau nebekvėpuosiu, nes pažeista diafragma. Bet vidinis balselis man kuždėjo: „Giliai kvėpuok, kvėpuok giliai." Galų gale man nuėmė respiratorių. Gydytojams žadą atėmė. Negalėjau sau leisti, kad neigiamos mintys atitrauktų mane nuo manojo tikslo ar vizijos.

Užsibrėžiau tikslą iki Kalėdų išeiti iš ligoninės. Ir tai padariau. Išėjau iš ligoninės savo kojomis. Gydytojai sakė, jog tai neįmanoma. Tai buvo diena, kurios niekada neužmiršiu.

Jei reikėtų patarti žmonėms, kurie štai dabar kenčia skausmus ir nieko nedaro, aš, apibendrinęs savo gyvenimo patirtį, galėčiau pasakyti štai ką: „Žmogus tampa tuo, apie ką galvoja."

Morrisas Goodmanas žinomas kaip Žmogus Stebuklas. Jo istoriją filmui „Paslaptis" pasirinkome todėl, kad ji parodo, kokios neaprėpiamos žmogaus galios ir kokios beribės žmogaus minties galimybės. Morrisas žinojo, jog jame slypinti jėga atneš jam tai, apie ką jis galvos. Viskas įmanoma. Jo istorija įkvėpė tūkstančius žmonių galvoti, įsivaizduoti ir *pajausti,* kaip jiems susigrąžinti sveikatą. Patį didžiausią savo gyvenimo išbandymą jis pavertė neįkainojama dovana.

Pradėjus rodyti filmą „Paslaptis", mus užplūdo gausybė stebuklingų istorijų apie tai, kaip žmonės atsikratė įvairiausių ligų jį pažiūrėję. Viskas įmanoma, kai tiki.

Temą apie sveikatą norėčiau pabaigti šviesiais dr. Beno Johnsono žodžiais: „Dabar įžengiame į energetinės medicinos amžių. Visatoje viskas turi savo dažnį, ir tau tereikia pakeisti dažnį arba sukurti priešingą. Štai kaip lengvai galima viską pakeisti pasaulyje, ar tai būtų liga, ar emocijos – bet ką. Tai nepaprasta. Tai svarbiausia, ką esame išsiaiškinę."

Paslapties santrauka

- *Placebo efektas – tai veikiančio traukos dėsnio pavyzdys. Kai ligonis tiki tabletės gydomąja galia, jis sulaukia to, kuo tiki, ir pasveiksta.*

- *Susitelkti į nepriekaištingą sveikatą, ir visai nesvarbu, kas vyksta aplinkui.*

- *Juokas pritraukia džiaugsmą, išlaisvina negatyvius dalykus ir stebuklingai padeda išgyti.*

- *Ligą kūne palaiko mintys, jos stebėjimas, jai skiriamas dėmesys. Jei šiek tiek negaluoji, nekalbėk apie tai – nebent norėtum dar labiau susirgti. Klausydamas, ką kiti žmomės šneka apie savo ligas, suteiksi joms galios. Verčiau pakreipk pokalbį kita linkme – apie malonesnius dalykus ir labai pasistenk įsivaizduoti šiuos žmones sveikus.*

- *Įsitikinimas, jog senstame, glūdi mūsų prote, tad išmesk tokias mintis iš galvos. Galvok tik apie sveikatą ir amžiną jaunystę.*

- *Neklausyk, ką žmonės kalba apie ligas ir senėjimą. Negatyvios mintys tau nenaudingos.*

INTELLECTUAL
CIVIC

Pasaulio Paslaptis

Lisa Nichols

Žmonės linkę, žiūrėdami į jiems patinkančius daiktus, sakyti: „Taip, man tai patinka, aš noriu šito." Tačiau matydami tai, kas jiems nepatinka, išnaudoja tiek pat, jei ne daugiau, energijos, tikėdamiesi, jog gali tai pašalinti ar sunaikinti. Dabartinėje visuomenėje mes ėmėme pasitenkinti kova. Kova prieš vėžį, kova prieš skurdą, kova prieš karus, kova prieš narkotikus, kova prieš terorizmą, kova prieš žiaurumą. Kovojame su viskuo, ko nenorime, o tai, tiesą pasakius, sukuria daugiau progų kovoti.

Hale'as Dwoskinas

„Sedonos metodo" autorius ir mokytojas

Mes kuriame viską, į ką sutelkiame dėmesį. Tad jei išties pykstame, pavyzdžiui, dėl vykstančio karo, kilusio konflikto ar kančių, savo energija prie to prisidedame. Priešindamiesi kam nors mes padėtį tik pabloginame.

„Kam priešiniesi, tas nesiliauja.“

Carlas Jungas (1875–1961)

BOBAS DOYLE'IS

Kam priešiniesi, tas nesiliauja, nes priešindamasis sakai: „Ne, aš šito nenoriu, nes tai verčia mane jaustis taip, kaip dabar jaučiuosi.“ Taigi tu išreiški itin stiprias emocijas: „Man tikrai nepatinka šis jausmas“, ir tada jis skubiai grįžta pas tave.

Kam nors priešinimasis yra tarsi bandymas pakeisti išorinius vaizdus po to, kai jie jau buvo perduoti. Tai bergždžios pastangos. Būtina pažvelgti į vidų ir, savo mintimis bei jausmais sukūrus kitokį vaizdą, paleisti naują signalą.

Kai priešiniesi tam, kas jau įvyko, suteiki daugiau energijos, galios tiems vaizdams, kurių nemėgsti, ir taip pašėlusiu greičiu prisišauki jų daugiau. Įvykis ar aplinkybės gali tik blogėti, nes toks Visatos dėsnis.

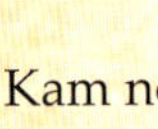

JACKAS CANFIELDAS

Antikariniai judėjimai sukuria daugiau karų. Judėjimas, nukreiptas prieš narkotikų vartojimą, iš tikrųjų sukūrė daugiau narkotikų, nes mes susitelkėme į tai, ko nenorime, – į narkotikus!

Lisa Nichols

Žmonės yra įsitikinę, jog norint ką nors pašalinti, reikia į tai sutelkti dėmesį. Nejau mums taip svarbu atiduoti visas jėgas kažkokios vienos problemos sprendimui, užuot galvojus apie pasitikėjimą, meilę, turtingą gyvenimą, išsilavinimą ar taiką.

Jackas Canfieldas

Motina Teresė buvo nuostabi. Ji yra pasakiusi: „Niekada nedalyvausiu antikariniame mitinge. Kai bus mitingas už taiką, pakvieskite mane." Ji žinojo. Ji suprato Paslaptį. Pažiūrėkite, ką ji parodė pasauliui.

Hale'as Dwoskinas

Taigi užuot palaikęs antikarinį judėjimą, palaikyk judėjimą už taiką. Užuot dalyvavęs judėjime prieš badą, dalyvauk judėjime už sotų gyvenimą. Užuot nusistatęs prieš kokį nors politiką, verčiau remk jo varžovą. Dažnai rinkimuose laimi žmogus, prieš kurį visuomenė nusiteikusi priešiškai, nes jis gauna visą energiją, visą dėmesį.

Viskas šiame pasaulyje prasideda nuo vienos minties. Dideli dalykai tampa dar didesni, nes daugybė žmonių skiria savo mintis šiems dalykams vos tik jie pasirodo. Paskui mūsų mintys ir emocijos neleidžia šiems įvykiams išnykti, daro juos didesnius. Jei tik nuo jų atitrauksime savo mintis ir daugiau galvosime apie meilę, jie liausis egzistavę. Jie išgaruos, išnyks.

„Įsidėmėk: kad ir kokie būtų sunkumai, kad ir kur jie kiltų, kad ir ką jie paliestų, vienintelis ligonis esi tu. Tau telieka įtikinti save, jog tai, ko trokšti, jau egzistuoja."

Charlesas Haanelis

Jackas Canfieldas

Atkreipti dėmesį į tai, ko nenori, yra gerai, nes tai leidžia palyginti ir suprasti, ko iš tikrųjų nori. Tačiau esmė ta, kad kuo daugiau kalbėsi apie tai, ko nenori arba kaip blogai yra, jei visąlaik apie tai skaitysi, o kalbėsi, kaip tai siaubinga, viską tik dar labiau pabloginsi.

Pasauliui nepadėsi koncentruodamasis į neigiamus dalykus. Susitelkdamas į neigiamus įvykius pasaulyje, tu ne tik kad sustiprini juos, bet dar ir pažadini daugiau negatyvumo savo gyvenime.

Jei prieš akis iškyla to, ko tu netrokšti, vaizdas, vadinasi, tau reikia pakeisti mąstymą ir paleisti naują signalą. Jei tai globali situacija, tu taip pat nesi bejėgis. Turi *visas* reikiamas galias. Galvok, kad visi žmonės džiaugiasi. Galvok, jog visiems užtenka maisto. Nukreipk savo galingas mintis į tai, ko trokšti. Tu turi galimybę pasauliui duoti labai daug išspinduliuodamas meilę, gerovę, ir visai nesvarbu, kas aplinkui tave vyksta.

Jamesas Ray

Žmonės labai dažnai man sako: „Betgi, Jamesai, aš turiu būti informuotas." Galbūt ir turi būti informuotas, bet neturi paskęsti informacijoje.

Sužinojusi Paslaptį nusprendžiau nebežiūrėti žinių ir nebeskaityti laikraščių, nes dėl jų jaučiausi blogai. Žiniasklaidai niekas nepriekaištauja dėl to, kad skleidžia blogas naujienas. Globalioje visuomenėje esame atsakingi už tai. Juk perkame kur kas daugiau laikraščių, kai antraštėse mirga didžiulės dramos. Naujienų kanalų reitingai šokteli ištikus nacionalinei ar tarptautinei nelaimei. Taigi žiniasklaida skleidžia blogas žinias, nes mes, kaip visuomenė, parodome, jog to norime. Žinios – tai rezultatas, o mes – priežastis. Tai tik įrodo, kaip veikia traukos dėsnis!

Žiniasklaida pasikeis, kai mes paleisime naują signalą ir tiksliai žinosime, ko norime.

MICHAELIS BERNARDAS BECWITHAS

Išmok išlikti ramus ir nukreipti savo dėmesį, emocinį užtaisą nuo to, ko nenori; susitelk į tai, ką nori patirti savo gyvenime. Energija plaukia ten, kur nukreiptas dėmesys.

> „Galvok nuoširdžiai, ir tavo mintys numalšins pasaulio badą."
>
> Horatio Bonaras (1808–1889)

Ar jau pradedi suprasti, kokias nepaprastas galias turi šiame pasaulyje? Galvodamas apie tai, kas gera, jausiesi geriau, be to, įneši daugiau gėrio į pasaulį. Kartu prisišauksi daugiau gėrio į savo gyvenimą. Gerai jausdamasis pakylėsi savo gyvenimą, kartu ir pasaulį!

Dėsnis – tai veikiantis tobulumas.

DR. JOHNAS DEMARTINI

Visada sakau, kad kai vidinis balsas ir matymas tampa gilesnis, aiškesnis, stipresnis už nuomones išorėje, imi valdyti savo gyvenimą!

LISA NICHOLAS

Tu čia esi ne tam, kad keistum pasaulį ar aplinkinius žmones. Tavo užduotis – sroventi kartu su Visata ir džiaugtis tokiu pasauliu, koks yra.

Tu esi savo gyvenimo šeimininkas, ir Visata atsiliepia į kiekvieną tavo įsakymą. Nesileisk užburiamas pasirodžiusių vaizdų, jeigu tau jie nepatinka. Būk už juos atsakingas, jeigu gali, nesureikšmink jų, ir tegu jie išnyksta. Tada pradėk galvoti apie tai, ko trokšti, pajausk tai ir būk dėkingas, jog tai jau atlikta.

Visata yra gausi

DR. JOE VITALE'IS

Manęs dažnai klausia: „Jeigu visi pradėsime naudotis Paslaptimi kaip katalogu, argi visa tai neišseks? Ar paskui neteks visiems sprukti viską išeikvojus?“

MICHAELIS BERNARDAS BECKWITHAS

Paslapties mokymas ypatingas tuo, jog skelbia, kad Visatoje gėrio yra daugiau negu pakanka. Žmonių sąmonėje it virusas vienas melas. O jis yra toks: „Gėrio visiems nepakaks. Jo trūksta, jo yra ribotai, jo tiesiog nėra pakankamai." Tikėdami šiuo melu žmonės gyvena baimėje, yra gobšūs ir šykštūs. Šios baime, gobšumu, šykštumu ir stygiumi paremtos mintys tampa jų gyvenimo dalimi. Taigi pasaulis prarijo košmarų piliulę.

Iš tikrųjų gėrio yra daugiau nei reikia. Yra daugiau nei reikia kūrybingų minčių. Yra daugiau nei reikia energijos. Yra daugiau nei reikia meilės. Yra daugiau nei reikia džiaugsmo. Visa tai kyla iš proto, žinančio savo beribę prigimtį.

Jei manai, kad ko nors ims trūkti, vadinasi, žiūri tik į išorę ir tau atrodo, kad viskas ateina iš ten. Labai tikėtina, kad taip manydamas visur įžiūrėsi tik stygių ir ribotumą. Dabar žinai, kad niekas neateina iš išorės ir kad veikiau viskas kyla iš vidaus – minčių ir jausmų. Protas visa ko kūrybinė jėga. Tad kaip gali ko nors stigti? Tai neįmanoma. Gebėjimas mąstyti yra beribis, tad ir tai, ką gali išgalvoti, neturi ribų. Ir tai būdinga kiekvienam. Kai tikrai šitai *įsisąmoninsi*, pradėsi galvoti protu, žinančiu beribę savo prigimtį.

JAMESAS RAY

Visi didieji mokytojai, kada nors vaikščioję šia Žeme, tvirtino, jog gyvenime žmogui skirta gausa.

„Šio dėsnio esmė ta, kad reikia galvoti apie gausą, jausti ją, tikėti ja. Tegu į tavo protą neįsiveržia mintis, kad ko nors galėtų trūkti."

Robertas Collieras

JOHNAS ASSARAFAS

Ir vos tik pradedame manyti, kad ištekliai senka, atsiranda nauji, kurie teikia tą patį.

Tikra naftą išgaunančios kompanijos Belize istorija yra įkvepiantis pavyzdys, rodantis, kaip žmogaus proto galia gali padėti sukurti naujus išteklius. Kompanijos *Belize Natural Energy Limited* vadovus apmokė įžymusis dr. Tony Quinnas, kuris specializuojasi humanistinės psichologijos srityje. Dr. Tony Quinno proto galių treniruotės padėjo vadovams įtikėti, kad jų mintyse susikurtas Belizo, kaip klestinčios naftą gaminančios šalies, vaizdas gali realizuotis. Jie žengė drąsų žingsnį ir ispanų stebimi atliko gręžinius. Jau po metų jų svajonė ir vizija tapo tikrove. *Belize Natural Energy Limited* atrado daug aukščiausios kokybės naftos ten, kur penkiasdešimt kitų kompanijų ničnieko neaptiko. Belizas tapo naftą gaminančia šalimi, nes rinktinė žmonių komanda patikėjo begaline savo proto galia.

Niekas negali išsekti – nei ištekliai, nei kas nors kita. Ribas sukuria žmogaus protas. Atsivėrę beribei kūrybinei galiai, prisišauksime gausą ir išvysime visiškai kitokį pasaulį.

DR. JOHNAS DEMARTINI

Kai sakome, kad mums ko nors trūksta, vadinasi, neišlaisviname savo vaizduotės ir nepastebime visko, kas mus supa.

DR. JOE VITALE'IS

Žinote, kai žmonės pradeda gyventi vadovaudamiesi savo širdimi ir siekia, ko trokštą, jie nesivaiko tų pačių dalykų. Čia ir slypi visa esmė. Ne visi mes trokštame BMW automobilio. Ne visiems patinka tas pats žmogus. Ne visi trokštame patirti tą patį. Ne visi trokštame tokių pačių drabužių. Ne visi trokštame... [įrašykite patys].

Šiame didingame pasaulyje tu esi apdovanotas nuostabiomis galiomis kurti savo gyvenimą! Sau gali bet ką sukurti, nes gebi mąstyti be ribų! Tačiau negali sukurti gyvenimo kitiems žmonėms. Negali už juos mąstyti, ir jeigu mėginsi savo nuomonę primesti kitiems, jie darys lygiai tą patį tau. Taigi tegu kiekvienas kuria sau gyvenimą tokį, kokio trokšta.

MICHAELIS BERNARDAS BECKWITHAS

Visiems visko užteks. Jei tuo tikėsi, jei tai įsivaizduosi, jei tuo remdamasis veiksi, pamatysi, jog taip ir bus.

„Jei ko nors stinga, jei esi slegiamas skurdo ar ligos, vadinasi, netiki ar nesupranti, kokia jėga slypi tavyje. Tai priklauso ne nuo Visatos, kuri viską duoda. Ji siūlo viską visiems be jokių išimčių."

Robertas Collieras

Visata *visiems* teikia *viską* veikiant traukos dėsniui. Tau tereikia pasirinkti, ką norėtum gauti. Gal trokšti, kad ko nors netrūktų tau ir kitiems? Jeigu taip, apsispręsk ir žinok, jog visko yra gausiai, ištekliai yra beribiai, pasaulis yra kupinas nuostabių dalykų. Kiekvienas turi galimybę savo mintimis ir jausmais įbristi į nematomą beribį išteklių vandenyną ir paversti tai savo gyvenimo dalimi. Taigi apsispręsk, nes tai padaryti gali tik tu pats.

LISA NICHOLS

Viskas, ko trokšti, – džiaugsmas, meilė, gausa, sėkmė, laimė – yra čia pat ir laukia, kol tu pasiimsi. Tiesiog turi labai to užsinorėti. Turi atitinkamai nusiteikti. Kai nusiteiki ir imi degti tuo, ko nori, Visata atsiunčia trokštamą dalyką. Pastebėk tai, kas gražu, nuostabu aplinkui tave ir laimink, garbink visa tai. Kita vertus, tam, kas nevyksta taip, kaip norėtum, nešvaistyk savo energijos kaltindamas ar skųsdamasis. Persiimk visu tuo, ko trokšti, kad gautum kiek galima daugiau.

Lisos išmintingi žodžiai – garbink ir laimink tai, kas tave supa, – verti aukso. Garbink ir laimink viską savo gyvenime! Garbindamas ir laimindamas imsi spinduliuoti aukščiausią – meilės – dažnį. Biblijoje žydai laimindami prisišaukdavo sveikatą, turtus ir laimę. Jie žinojo, kokia yra laiminimo galia. Dauguma žmonių tik nusičiaudėję palaimina *(Kam nors nusičiaudėjus anglai sako: Bless you (laiminu tave). Lietuviai tokiu atveju sako: „Į sveikatą!" (vert. past.)* ir todėl neišnaudoja vienos didžiausių savo galių. Žodyne žodis „laiminimas" apibrėžiamas kaip „dieviškos malonės pažadinimas ir gerovės bei palaimos suteikimas". Taigi pradėk dabar pat savo gyvenime naudotis laiminimo galia, laimink visus ir viską. Panašiai yra ir su garbinimu. Ką nors garbindamas skleisi meilę, o išspinduliuotas stiprus dažnis sugrįš šimteriopai stipresnis.

Garbindami ir laimindami sunaikiname visą negatyvumą, tad garbink ir laimink savo priešus. Juos keikdamas tik pats sulauksi prakeiksmų ir taip sau pakenksi. Jeigu garbinsi ir laiminsi, netruksi pajusti pasikeitusį savo dažnį ir tave apims malonūs jausmai.

DR. DENISAS WAITLEY

Dauguma praeities lyderių pražiūrėjo vieną svarbiausių Paslapties dalių – suteikti galios ir ja dalytis su kitais.

Dabar yra pats geriausias metas gyventi per visą pasaulio istoriją. Mes pirmąsyk galime įgyti išsamių žinių apie Paslaptį.

Su šiomis žiniomis suprasi pasaulį ir save. Geriausiai Pasaulio Paslaptį man padėjo suprasti tokie mokytojai kaip Robertas Collieras, Prentice'as Mulfordas, Charlesas Haanelis ir Michaelis Bernardas Beckwithas. Supratusi Paslaptį pasiekiau visišką laisvę. Nuoširdžiai tikiuosi, jog ir tu gali įgyti tokią pačią laisvę. Savo gyvenimu ir minčių galia pasistenk kiek gali padaryti šį pasaulį geresnį, o visos žmonijos ateitį šviesesnę.

105

Paslapties santrauka

- *Kam priešiniesi, tą ir pritrauksi, nes savo emocijomis esi į tai susitelkęs. Norėdamas ką nors pakeisti, pažvelk į vidų ir savo mintimis bei jausmais paleisk naują signalą.*

- *Pasauliui nepadėsi galvodamas apie negatyvius reiškinius. Sutelkdamas dėmesį į neigiamus įvykius, tu ne tik kad suteiki jiems daugiau galios, bet ir pritrauki daugiau negatyvių dalykų į savo gyvenimą.*

- *Užuot mąstęs apie pasaulio problemas, galvok apie pasitikėjimą, meilę, gausą, išsilavinimą ar taiką.*

- *Geri dalykai niekada neišseks, nes jų yra daugiau nei reikia. Žmogui gyvenime lemta mėgautis gausa.*

- *Tu turi galimybę savo mintimis ir jausmais įbristi į beribį išteklių vandenyną ir paversti tai savo patirtimi.*

- *Garbink ir laimink viską pasaulyje – šitaip sunaikinsi negatyvumą ir nesantaiką, o pats imsi spinduliuoti aukščiausią – meilės – dažnį.*

Paslaptis apie Tave

DR. JOHNAS HAGELINAS

Tai, ką matome aplinkui save, įskaitant mūsų kūnus, tėra ledkalnio viršūnė.

BOBAS PROCTORAS

Pažvelk į savo ranką. Ji atrodo tvirta, bet taip iš tikrųjų nėra. Jei pažiūrėsi į ją pro tam tikrą mikroskopą, pamatysi daugybę energijos virpesių.

JOHNAS ASSARAFAS

Viskas susideda iš to paties – ar tai būtų ranka, ar vandenynas, ar žvaigždė.

DR. BENAS JOHNSONAS

Viskas susideda iš energijos. Paaiškinsiu. Yra visata, mūsų galaktika, mūsų planeta, toliau – individai, jų kūnuose –

organų sistemos, toliau – ląstelės, molekulės ir atomai. O paskui – energija. Taigi yra daugybė lygmenų, bet viskas Visatoje sudaryta iš energijos.

Atradusi Paslaptį, norėjau išsiaiškinti, ką apie tai žino fizika ir kiti gamtos mokslai. Tai, ką sužinojau, buvo nepakartojama. Vienas iš labiausiai jaudinančių dalykų šiais laikais yra tai, kad kvantinės fizikos ir kitų mokslų atradimai visiškai sutampa su Paslapties mokymu ir tuo, ką visi didieji mokytojai žinojo per visą pasaulio istoriją.

Mokykloje aš nemėgau fizikos ir kitų gamtos mokslų, bet skaitydama sudėtingas kvantinės fizikos knygas puikiai jas supratau, nes norėjau jas suprasti. Gilinimasis į kvantinę fiziką padėjo man giliau – energetiniame lygmenyje – suprasti Paslaptį. Daugelio žmonių tikėjimas sutvirtėja tada, kai pamato, kaip nuostabiai žinios apie Paslaptį atitinka naujojo gamtos mokslo teorijas.

Paaiškinsiu, kodėl esi pats galingiausias energijos perdavimo bokštas Visatoje. Paprastai sakant, energija vibruoja tam tikru dažniu. Kadangi susidedi iš energijos, tu taip pat vibruoji tam tikru dažniu, kurį sąlygoja tavo mintys ir jausmai. Viskas, ko trokšti, sudaryta iš energijos ir vibruoja. *Viskas* yra energija.

Visa esmė slypi štai kur. Kai galvoji apie tai, ko trokšti, išspinduliuoji tam tikrą dažnį, ir to, ko trokšti, energija ima vibruoti tuo pačiu dažniu, kad tavo noras išsipildytų! Susitelkdamas į tai, ko trokšti, keiti to kažko atomų vibraciją taip, kad tas kažkas atsklistų *pas tave.* Pats galingiausias Visatoje energijos perdavimo bokštas esi todėl, kad tau suteiktos galios mintimis sutelkti savo energiją, pakeisti vibracijas to, apie ką galvoji, ir šitaip lyg magnetui pritraukti tai, ko trokšti.

Galvodamas, jausdamas tuos gerus trokštamus dalykus, kaipmat persijungi į dažnį, kuris sužadina tavo norimų daiktų energiją; ji ima sklisti pas tave, ir taip tavo troškimai realizuojasi gyvenime. Pagal traukos dėsnį, panašus traukia panašų. Tu esi energijos magnetas, todėl iš tavęs energija tarsi elektra keliauja trokštamų dalykų link, o iš jų grįžta atgal. Savo magnetinę energiją žmonės tvarko patys, nes niekas kitas negali už juos nei mąstyti, nei jausti. Tik mintimis ir jausmais susikuriame savo dažnį.

Maždaug prieš šimtą metų, nesiremdamas jokiais praėjusio šimtmečio moksliniais atradimais, Charlesas Haanelis buvo išsiaiškinęs Visatos veikimo principą.

> „Visuotinis Protas – tai ne tik žinios, bet ir medžiaga, kuri savo traukos jėga „sulipina“ elektronus ir šitaip suformuoja atomus; šie savo ruožtu, veikiami to paties dėsnio, sudaro molekules, o šios sudaro objektus. Taigi mes matome, jog šis dėsnis – tai kuriančioji jėga, slypinti už visų reiškinių pavidalų – ne vien už atomų, bet ir už pasaulių, Visatos, už visko, ką tik mūsų vaizduotė sukuria.“

Charlesas Haanelis

Bobas Proctoras

Kad ir kokiame mieste gyveni, tavo kūnas turi pakankamai galios apšviesti visą miestą daugmaž savaitę.

„Suvokęs šią galią, tampi gyvu laidininku. Visata yra gyvas laidininkas. Ji turi tokią galią, kad jos pakaktų susidoroti su bet kokia situacija kiekvieno žmogaus gyvenime. Individualus protas, prisilietęs prie Visuotinio Proto, įgauna visas jo galias.“

Charlesas Haanelis

Jamesas Ray

Dauguma žmonių suvokia save kaip ribotą kūną, bet tu nesi vien ribotas kūnas. Netgi žvelgiant pro mikroskopą matyti, kad esi energijos laukas. Apie energiją žinome štai ką. Nuėję pas kvantinės fizikos specialistą paklauskite: „Kas kuria pasaulį?“ Atsakymą išgirsite tokį: „Energija.“ Tada paprašykite apibūdinti ją. Jums atsakys: „Jos negalima nei sukurti, nei sunaikinti. Ji visada buvo ir yra; tai, kas kada nors egzistavo, egzistuoja visada; ji įgyja pavidalą, juda jame ir išeina iš jo.“ Paskui nueikite pas teologą ir paklauskite: „Kas sukūrė Visatą?“ Atsakymą išgirsite tokį: „Dievas.“ Tada paprašykite apibūdinti Dievą. Jums atsakys: „Jis visada buvo ir bus. Jo negalima nei sukurti, nei sunaikinti. Jis yra tai, kas kada nors egzistavo ir egzistuos visada, nuolat įgydamas pavidalą, judėdamas jame ir išeidamas iš jo.“ Matai – apibūdinama taip pat, skiriasi tik terminologija.

Tad jei manai, jog esi „mėsos gabalas", darsyk pagalvok. Tu esi dvasinė būtybė! Tu esi energijos laukas, veikiantis didesniame energijos lauke.

Kodėl tu esi dvasinė būtybė? Atsakymas į šį klausimą man yra viena nuostabiausių Paslapties mokymo dalių. Tu esi energija, o jos nei sukursi, nei sunaikinsi. Energija tiktai keičia pavidalą, o tai reiškia – ir Tave! Tikroji Tavo esmė – grynoji Tavo energija – visada buvo ir visada bus. Niekada nebus taip, kad *nebūsi.*

Širdies gilumoje žinai šitai. Bet ar gali įsivaizduoti nebūtį? Ar gali, nepaisydamas to, ką matei ir patyrei savo gyvenime, įsivaizduoti nebūtį? Negali, nes tai neįmanoma. Tu – amžina energija.

Vienas Visuotinis Protas

DR. JOHNAS HAGELINAS

Kvantinė mechanika, kvantinė kosmologija patvirtina, kad Visata iš esmės kyla iš minties ir kad visa ši mus supanti materija tėra veržli mintis. Galų gale mes esame Visatos šaltinis, ir kai iš savo patyrimo suvokiame turį tokią galią, imame naudotis šiuo patikimu šaltiniu ir pasiekiame vis daugiau ir daugiau. Galime sukurti bet ką, pažinti viską savo pačių sąmone, kuri ir yra Visuotinė sąmonė, valdanti Visatą.

Taigi priklausomai nuo to, kaip pasinaudojame šia galia – teigiamai ar neigiamai, – mes kuriame savo kūno sveikatą ir savo aplinką. Mes esame kūrėjai ir atsakome ne vien už savo, bet ir už Visatos likimą. Mes kuriame Visatą. Tad išties žmogaus galios yra beribės. Tačiau ką sugebėsime padaryti, priklausys nuo to, kaip gerai įsisąmoninsime bei panaudosime šias varomąsias jėgas, kaip pajungsime savo pačių galias. Ir vėlgi – tai priklausys nuo mūsų mąstymo lygio.

Kai kurie didieji mokytojai ir pranašai Visatą apibūdino taip kaip ir dr. Hagelinas. Jie teigė, jog visa, kas egzistuoja, yra vienas Visuotinis Protas ir jis yra visur. Jis egzistuoja visame kame. Vienas Protas apima visas žinias, visą išmintį, visa tai, kas tobula, ir yra viskas ir visur tuo pat metu. Jeigu viskas yra vienas Visuotinis Protas ir jeigu jis egzistuoja visur, vadinasi, jis yra ir Tavyje!

Paaiškinsiu tau, ką visa tai reiškia. Tai reiškia, jog *visos galimybės jau egzistuoja*. Visos žinios, visi atradimai bei išradimai slypi Visuotiniame Prote kaip galimybės, laukiančios, kol žmogiškasis protas pritrauks jas sau. Sąmoningai ar ne, visi kūriniai ir išradimai pasaulio istorijoje buvo pritraukti iš Visuotinio Proto.

Kaip tai daroma? Viskas pritraukiama žinojimu ir pasitelkus nuostabią vaizduotę. Pagalvok, kokius poreikius norėtum patenkinti. Įsivaizduok, jog turi pakankamai išradingumo padaryti tą ar aną. Pagalvok apie reikmes, paskui įsivaizduok, jog jos jau patenkintos. Tau nereikia dirbti, kad ką nors atrastum ar išrastum. Tai gali padaryti Aukštesnysis Protas. Tau tereikia sutelkti dėmesį į galutinį rezultatą ir įsivaizduoti, kaip poreikis patenkinamas, ir jis bus patenkintas. Jeigu prašysi, jausi ir tikėsi, tai ir gausi. Beribiai idėjų ištekliai laukia, kol juos pažadinsi. Viskas yra tavo sąmonėje.

„Dieviškasis Protas yra viena ir vienintelė tikrovė."

Charlesas Fillmore'as

JOHNAS ASSARAFAS

Mes visi esame susiję, tiesiog to nematome. Nėra „kažkur ten" ar „štai čia". Visatoje viskas susiję. Viskas sudaro vieną energijos lauką.

Taigi kad ir kaip pažiūrėtum, rezultatas bus tas pats. Mes – Vienis. Mes visi susiję, visi priklausome Vienam energijos laukui, arba Vienam Visuotiniam Protui, arba Vienai Sąmonei, arba Vienam Kūrybiniam Šaltiniui. Nesvarbu, kaip pavadinsime, vis tiek būsime Vienis.

Dabar, kai jau žinai, kad visi esame Vienis, lengvai pastebėsi, koks tobulas yra traukos dėsnis.

Nebus sunku suvokti, kodėl tavo negatyvios mintys apie ką nors sugrįš ir pakenks vien Tau. Mes esame Vienis! Tau niekas negali pridaryti žalos, nebent pats išspinduliuodamas negatyvius jausmus ir mintis sau pakenksi. Tau duota laisva valia rinktis, bet jeigu galvoji negatyvias mintis ir patiri nemalonius pojūčius, pats atskiri save nuo vienio ir viso gėrio. Atkreipk dėmesį į negatyvias emocijas ir pastebėsi, kad jos visos remiasi baime. Jos kyla iš minčių apie atskirumą – dėl to, kad manai, jog visi egzistuoja atskirai.

Iš minčių apie atskirumą kyla ir noras varžytis. Jis atsiranda, kai mąstai ribotai, manydamas, jog ištekliai yra baigtiniai. Tau atrodo, kad visko visiems nepakaks, todėl turime varžytis, kovoti, kad ką nors gautume. Varžydamasis niekada nelaimėsi, net jeigu ir manysi laimėjęs. Pagal traukos dėsnį, varžydamasis pritrauksi daugiau žmonių ir aplinkybių, kurios kovos su Tavimi bet kurioje gyvenimo srityje, ir galų gale tu pralaimėsi. Mes visi esame Vienis, todėl kai kovojame, kovojame su savimi. Išmesk iš galvos mintis apie varžymąsi ir tapk kuriančiuoju protu. Susitelk į *savo* svajones, *savo* vizijas, atsisakyk bet kokio varžymosi.

Visata yra visuotiniai ištekliai ir visa ko tiekėja. Viskas ateina iš Visatos ir pasiekia tave *per* žmones, aplinkybes ir įvykius veikiant traukos dėsniui. Galvok apie traukos dėsnį kaip apie išteklių dėsnį. Šis dėsnis leidžia tau prisitraukti viską iš begalinių išteklių. Išspinduliuodamas tinkamą to, ko trokšti, dažnį, pritrauksi puikius žmones, aplinkybes bei įvykius!

Ne žmonės suteikia tai, ko trokšti. Jei laikysies priešingos nuomonės, jei išorinį pasaulį, žmones laikysi išteklių šaltiniu, netruksi pajusti nepriteklių. Tikrasis išteklių šaltinis yra nematomas laukas, kad ir kaip jį vadintum – Visata, Aukštesniuoju Protu, Dievu, Begaliniu Intelektu ar dar kaip nors. Vos ką nors gavęs, neužmiršk, jog tai prisitraukei todėl, kad veikė traukos dėsnis ir kad buvai tinkamo dažnio bei darnoje su visuotinais ištekliais. Visur pasklidęs visuotinis intelektas sudėliojo žmones, aplinkybes bei įvykius taip, kad gautum, ko troškai. Toks yra dėsnis.

LISA NICHOLS

Mus dažnai trikdo mūsų kūnas ir fizinė būtis. Jie tik sulaiko dvasią. Siela yra tokia didelė, kad gali pripildyti visą kambarį. Tu gyveni amžinai. Tu esi Dievas tobulu žmogaus pavidalu.

MICHAELIS BERNARDAS BECKWITHAS

Remdamiesi Šventuoju Raštu galėtume sakyti, jog esame sukurti pagal Dievo paveikslą, Jo atvaizdą. Galėtume sakyti, jog esame dar vienas būdas, kuriuo Visata įsisąmonina save. Galėtume sakyti, jog esame begalinis atsiskleidžiančių galimybių laukas. Ir visa tai būtų tiesa.

„Devyniasdešimt devyni procentai to, kas esi, yra nematoma ir nepaliečiama."

R. Buckminster-Fuller (1895–1983)

Tu esi Dievas fiziniame kūne. Tu esi Dvasia kūne. Tu esi Amžinas Gyvenimas. Tu esi kosminė būtybė. Tu esi visa galia. Tu esi visa išmintis. Tu esi visos žinios. Tu esi tobulybė. Tu esi didybė. Tu esi kūrėjas ir šioje planetoje kuri save.

JAMESAS RAY

Įvairūs šaltiniai tvirtina, kad esame sukurti pagal kuriančiojo šaltinio paveikslą, atvaizdą. Kitaip sakant, tu turi dieviškosios galios kurti savo pasaulį, ir tu jį kuri.

Galbūt jau sukūrei ką nors nuostabaus ir verto tavęs, o gal ir ne. Norėčiau, kad apsvarstytum vieną dalyką. Ar tas rezultatas, kurį pasiekei savo gyvenime, tenkina tave? Ar jis vertas tavęs? Jei nėra vertas, ar nebūtų dabar pats tinkamiausias metas ką nors pakeisti? Taip sakau, nes tu turi galių tai padaryti.

„Visos galios kyla iš vidaus, todėl mes galime jas valdyti.“

Robertas Collieras

Tavo praeitis – tai ne tu

Jackas Canfieldas

Daug žmonių jaučiasi esą aukos. Jie dažnai nukreipia žvilgsnį į praeities įvykius, kai galbūt turėjo šiurkščius tėvus ar augo nevisavertėje šeimoje. Didžioji dalis psichologų mano, jog 85 procentai šeimų yra nevisavertės, todėl greičiausiai ir tu esi iš tokios šeimos.

Mano tėvai buvo alkoholikai. Tėvas užgauliodavo mane. Mama su juo išsiskyrė, kai man buvo šešeri. <…> Vienokią ar kitokią panašią istoriją gali papasakoti beveik kiekvienas žmogus. Svarbiausia – ką ketini daryti dabar? Ką renkiesi dabar? Nes juk galima galvoti apie praeitį arba apie tai, ko nori. Kai žmonės nukreipia dėmesį į tai, ko trokšta, tai, ko jie nenori, savaime atkrenta, nes to vietą užima tai, ko trokšta.

„Žmogus, kuris galvoja apie tamsiąją savo gyvenimo pusę, kuris nuolatos išgyvena praeities nemalonumus ir nusivylimus, prisiprašo panašių nelaimių ir nusivylimų ateityje. Jei ateitį matysi tik niūriomis spalvomis, prisišauksi nelaimes ir jos tikrai įvyks."

Prentice'as Mulfordas

Jei perbėgsi savo gyvenimą, susikoncentruosi į praeities negeroves, tiesiog prisitrauksi daugiau jų dabar. Palik ramybėje visa tai, kad ir kas būtų buvę. Padaryk tai dėl savęs. Jei kam nors jauti pagiežą ar pyktį dėl ko nors praeityje, kenki tik sau. Tik tu pats gali susikurti gyvenimą, kurio esi nusipelnęs. Kai sąmoningai sutelksi dėmesį į tai, ko trokšti, ir pradėsi spinduliuoti teigiamus jausmus, traukos dėsnis ims veikti. Taigi tereikia pradėti, ir kai pradėsi, išlaisvinsi kerus.

LISA NICHOLS

Tu esi savo likimo kalvis. Tu esi jo autorius. Tu rašai savo istoriją. Rašiklis tavo rankose, ir baigtis bus tokia, kokią pasirinksi.

MICHAELIS BERNARDAS BECKWITHAS

Traukos dėsnis nuostabus tuo, kad bet kada gali pradėti gyventi pagal jį, gali imti mąstyti „tikruoju mąstymu", sukurti savyje harmonijos ir laimės pojūtį. Į tai dėsnis iš karto atsilieps.

DR. JOE VITALE'IS

Taigi dabar ir pradėk gyventi su kitokiomis nuostatomis, pavyzdžiui: „Visatoje visko yra daugiau nei reikia." Arba su nuostata: „Aš nesenstu. Aš jaunėju." Pasitelkdami traukos dėsnį mes galime kurti gyvenimą tokį, kokio trokštame.

MICHAELIS BERNARDAS BECKWITHAS

Išsilaisvink iš tradicinių rėmų, atsisakyk kultūrinių kodų, socialinių įsitikinimų ir įrodyk visiems, kad galia, slypinti tavyje, yra stipresnė už galią, slypinčią išoriniame pasaulyje.

DR. FREDAS ALANAS WOLFAS

Galbūt tu galvoji: „Ką gi, tai puiku, bet ne man." Arba: „Jis niekada neleis man taip padaryti." Arba: „Neturiu pakankamai pinigų tam." Arba: „Nesu toks stiprus, kad galėčiau tai atlikti." Arba: „Nesu pakankamai turtingas, kad galėčiau tai daryti." Arba: „Aš nesu... Aš nesu... Aš nesu... Aš nesu..."

Kiekvienu „Aš nesu..." mes kuriame savo tikrovę!

Būtų gerai, jei pagalvotum, ką sukuri sakydamas „Aš nesu..." Dr. Wolfo įžvalga nuostabiai sutampa su tuo, ką yra sakę didieji mokytojai apie žodžių „Aš esu..." galią. Kai ištari „Aš esu...", toliau einantys žodžiai savo galinga jėga paskatina kūrybą, nes tu tai pareiški kaip faktą. Tu tvirtini šitai nė kiek neabejodamas. Tad vos ištari „Aš esu pavargęs", „Aš žlugęs", „Aš sergu", „Aš vėluoju", „Aš turiu antsvorio" ar „Aš esu senas", Džinas atsako: „Tavo noras – man įsakymas!"

Žinant tai, ar ne geriau būtų pasistengti iš šių pačių galingiausių žodžių – AŠ ESU – išgauti sau naudos? Ar ne geriau sakyti: „Viskas, kas geriausia, MAN pasiekiama. AŠ ESU laimingas. MAN visko pakanka. AŠ ESU sveikas. Myliu. Visur suspėju. Trykštu jaunyste. Kiekvieną dieną ESU kupinas energijos."

Savo knygoje „Pagrindinio rakto sistema“ Charlesas Haanelis tvirtina, kad vienu teiginiu galima pasakyti viską, ko tik trokšti, ir kad tas teiginys bet kam gali padėti pasiekti harmoniją. Anot Haanelio, „taip yra todėl, kad šuo teiginiu pasakoma tiesa, o kai tiesa pasakoma, bet kokia klaida ar nesantaika turi išnykti.“

O teiginys yra toks: „Aš esu visuma, esu tobulas, stiprus, galingas, mylintis, harmoningas ir laimingas.“

Jei tai, ką pasakiau, tau atrodo kaip darbas, skirtas pertempti tam, ko nori, iš nematoma į matoma, pabandyk eiti trumpiausiu keliu: įsivaizduok viską, ko trokšti, kaip *realų* dalyką. Tada tai, ko trokšti, išsipildys šviesos greičiu. Paprašyk, kad visa tai atsirastų visuotiniame dvasiniame lauke, o viskas, kas ten egzistuoja, yra *realu*. Kai ką nors suvoki mintyse, žinok, jog tai yra *realu*, ir būtinai išsipildys.

> „Šiam dėsniui nėra ribų – jis viską padarys dėl tavęs; išdrįsk patikėti savo svajone ir tuo, jog ji jau įgyvendinta.“
>
> *Charlesas Haanelis*

Kai Henry Fordas bandė įgyvendinti savo motorinės transporto priemonės idėją šiame pasaulyje, žmonės aplinkui šaipėsi iš jo, laikė jį kvaištelėjusiu dėl šios „beprotiškos“ idėjos. Henry Fordas žinojo daugiau nei jį pašiepiantys žmonės. Jis žinojo Paslaptį, jis žinojo Visatos dėsnį.

„Ar manai galįs ar negalįs – ir vienu, ir kitu atveju esi teisus."

Henry Fordas (1863–1947)

Ar manai, kad gali? Su šiomis žiniomis gali pasiekti ir atlikti, ką panorėjęs. Praeityje tikriausiai neįvertinai, koks nuostabus esi. Ką gi, dabar žinai, jog esi Aukštesnysis Protas ir gali prisitraukti bet ką iš Vieno Aukštesniojo Proto. Bet kokį išradimą, įkvėpimą, atsakymą – bet ką. Gali daryti, ką panorėjęs. Esi neapsakomai genialus žmogus. Tad pradėk sau tai kartoti ir įsisąmonink, kas iš tiesų esi.

MICHAELIS BERNARDAS BECKWITHAS

Ar yra kokios nors ribos? Jokių. Mes esame neribotos būtybės. Nėra aukščiausios ribos. Gebėjimai ir talentai, gabumai ir galios, kurių turi kiekvienas šios planetos individas, yra beribiai.

Stebėk savo mintis

Visa tavo galia – tai savo galios suvokimas ir jos valdymas mintimis.

Tavo mintys, jei tik paleisi, lėks it nesuvaldomas garvežys. Jos gali tave nukelti į praeitį, o paskui nuskraidinti į ateitį ir kartu blogus praeities įvykius projektuoti ateityje. Tokios nevaldomos mintys taip pat kuria. Jei stebėsi savo mintis, būsi dabartyje ir žinosi, apie ką galvoji. Tu imsi kontroliuoti savo mintis, o čia ir slypi visa tavo galia.

Tad kaip tapti budresniam? Vienas būdas – *sustoti* ir paklausti savęs: „Ką aš dabar galvoju? Ką aš dabar jaučiu?" Tą akimirką, kai paklausi, tapsi sąmoningesnis, nes sugrąžinsi mintis į dabarties akimirką.

Kiekvieną kartą, kai apie tai pagalvosi, iš naujo įsisąmoninsi dabartį. Daryk tai šimtus kartų per dieną, nes, kaip pameni, visa tavo galia – tai savo galios suvokimas. Michaelis Bernardas Beckwithas apibendrindamas sako: „Prisimink prisiminti!" Šie žodžiai virto pasikartojančia melodija mano gyvenime.

Kad tapčiau sąmoningesnė, kad *prisiminčiau prisiminti,* paprašiau Visatos *lengvai* mane bakstelti, kad sugrįžčiau į dabartį iš ten, kur mane nuneša ir mano sąskaita „ima linksmintis" mintys. Švelnus bakstelėjimas – tai atsitrenkimas į ką nors arba kokio daikto išsprūdimas iš rankų, arba garsus triukšmas, sirenos ar pravažiuojančios mašinos su švyturėliais kauksmas. Visi šie signalai parodo, jog mano mintys nuklydo ir metas grįžti į dabartį. Gavusi tokių ženklų, stabteliu ir paklausiu savęs: „Ką aš dabar galvoju? Ką aš dabar jaučiu? Ar suvokiu dabartį?" Ir, žinoma, tuo metu, kai taip darau, aš būnu dabartyje. Kai klausi, ar suvoki dabartį, vadinasi, joje ir esi. Esi sąmoningas.

„Tikroji galios paslaptis – galios suvokimas."

Charlesas Haanelis

Kai įsisąmonini Paslapties galią, kai pradedi ją taikyti, sulauki atsakymų į visus savo klausimus. Geriau perpratęs traukos dėsnį, klausimų uždavinėjimą gali paversti įpročiu, o jeigu taip ir bus, sulauksi atsakymų į kiekvieną jų. Tam tikslui gali pasitelkti šią knygą. Jei ieškai atsakymo ar reikia patarimo, užduok klausimą, ir tikėk, jog rasi atsakymą. Tada atsiversk atsitiktinį šios knygos puslapį. Atverstame puslapyje ir bus patarimas ar atsakymas į tavo klausimą.

Esmė ta, kad Visata tau siunčia atsakymus visąlaik, tačiau atsakymus galima priimti tik būnant pastabiam. Stebėk viską aplinkui, nes tau kas akimirką siunčiami atsakymai. Kanalai, kuriais ateina atsakymai, yra *beribiai*. Galbūt juos gausi laikraščio antraštės, patrauksiančios tavo dėmesį, pavidalu arba atsitiktinai nugirdęs ką nors kalbant ar dainuojant per radiją, arba pamatęs ženklą ant pravažiuojančio vilkiko, o gal netikėtai sulaukęs įkvėpimo. *Prisimink prisiminti* ir būk budrus!

Stebėdama savo pačios ir kitų gyvenimus supratau, kad mes paprastai nesame geros nuomonės apie save arba visiškai savęs nemylime. Nemylėdami savęs tiesiog nustumiame *nuo savęs* tai, ko geidžiame.

Viskas, ko trokštame – kad ir kas tai būtų, – remiasi meile. Būti jaunam, turėti pinigų, puikų darbą, nepriekaištingą kūną ir sveikatą reiškia jausti *meilę*. Norint pritraukti tai, kas patinka, reikia spinduliuoti meilę, ir visi tie dalykai netruks atsirasti.

Visa gudrybė yra ta, kad norint perduoti aukščiausią meilės dažnį, reikia mylėti save, o tai daugeliui gali būti sudėtinga. Jei sutelksi dėmesį į išorę ir tai, ką dabar matai, veikiausiai apsiriksi, nes tai, ką matai ir jauti dabar, yra to, ką buvai *įpratęs* manyti apie save, padarinys. Jei nemyli savęs, asmuo, kurį dabar matai, greičiausiai bus pilnas trūkumų, kurių pats turėjai.

Kad visiškai save pamiltum, turi visai kitaip pažiūrėti į save. Turi sutelkti dėmesį į *dabartį* savo viduje. Atsisėsk ir nusiramink. Susitelk į *dabarties pojūtį* savyje. Kai galvosi apie dabartį savyje, ji pati ims Tau skleistis. Pajusi tyrą meilę ir palaimą, tikrą savo tobulumą. Toji *dabartis – tobulasis* Tu. Toji *dabartis – tikrasis* Tu. Susikoncentravęs į dabartį, į tai, ką dabar jauti, myli ir garbini, pamilsi save, ir visai tikėtina, pirmąsyk savo gyvenime.

Kaskart, ėmęs vertinti save kritišku žvilgsniu, nedelsdamas nukreipk dėmesį į *dabartį* viduje, ir ji atsiskleis Tau visu gražumu. Taip darant visos tavo gyvenimo negerovės išnyks, nes dabarties požiūriu jos tiesiog negali egzistuoti. Nesvarbu, ar nori atgauti puikų regėjimą, išsigydyti ligą, susigrąžinti buvusią gerovę, skurdą paversti gausa, atšaukti senėjimo bei degeneracijos procesus ar išrauti su šaknimis tai, kas negatyvu, sutelk dėmesį į dabartį savyje, pamilk ją, ir visa tai, kas tobula, atsiskleis.

> „Akivaizdi tiesa, kad Aš yra tobulas ir jam nieko netrūksta; tikrasis Aš yra dvasinis ir todėl gali būti tik tobulas; jam nieko negali stigti, jam nėra jokių apribojimų, jis neserga."
>
> Charlesas Haanelis

Paslapties santrauka

- *Viskas yra energija. Tu esi energijos magnetas, todėl energija iš tavęs kaip elektra keliauja trokštamų dalykų link, o iš jų grįžta atgal.*

- *Tu esi dvasinė būtybė. Esi energija, o jos negalima nei sukurti, nei sunaikinti – ji tik keičia pavidalą. Todėl tikroji tavo esmė – energija – visada buvo ir visada bus.*

- *Visata kyla iš minties. Mes esame ne tik savo, bet ir Visatos likimo kūrėjai.*

- *Beribiai idėjų ištekliai laukia tavęs. Visos žinios, visi atradimai bei išradimai slypi Visuotiniame Prote kaip galimybės, laukiančios, kol žmogiškasis protas pritrauks jas sau. Viskas yra tavo sąmonėje.*

- *Mes visi susiję, mes visi esame Vienis.*

- *Pamiršk visus praeities sunkumus, kultūrinius kodus, socialinius įsitikinimus. Tik tu pats gali susikurti gyvenimą, kurio esi vertas.*

- *Trumpiausias kelias gauti tai, ko trokšti, – įsivaizduoti tai kaip tikrų tikriausią dalyką.*

- *Tavo galia – tavo mintys, tad būk budrus. Kitaip sakant, „prisimink prisiminti".*

Gyvenimo Paslaptis

Neale'as Donaldas Walschas

Knygų autorius, pasaulyje žinomas lektorius, dvasinis vadovas

Danguje nėra lentos, ant kurios Dievas būtų parašęs tavo tikslą, tavo užduotį gyvenime. Danguje nėra lentos, kurioje būtų parašyta: „Neale'as Donaldas Walschas... Patrauklus vaikinas, gyvenęs XXI amžiaus pirmojoje pusėje..." Toliau daugtaškis. Tam, kad suprasčiau savo tikslą, kodėl čia esu, kodėl Dievas mane čia atsiuntė, man reikia ieškoti tos lentos. Tačiau iš tikrųjų tokia lenta neegzistuoja.

Taigi tavo tikslas – tas, kurį užsibrėši. Tavo misija – ta, kurią sau paskirsi. Gyvenimas bus toks, kokį jį susikursi, ir niekas už jį tavęs neteis – nei dabar, nei vėliau.

Savo gyvenimo lentoje gali prirašyti ką tik panorėjęs. Jei užpildei ją praeities bagažu, ištrink visa tai. Ištrink praeities liekanas, kurios tau nenaudingos, ir pajusk dėkingumą už tai, kad dabar esi čia, kad viską pradedi iš naujo. Turi švarią lentą ir viską gali pradėti iš naujo – čia pat, dabar. Ieškok džiaugsmo ir gyvenk juo!

Jackas Canfieldas

Prireikė ne vienerių metų, kad suprasčiau savo tikslą, nes buvau įsikalęs, kad turiu daryti tą ir tą, o jei to nedarysiu, Dievas bus manimi nepatenkintas.

Kai supratau, kad mano pagrindinis tikslas yra patirti džiaugsmą, pradėjau daryti tik tai, kas man jį teiktų. Ėmiau sau kartoti: „Jei tai nedžiugina, nedaryk šito!"

Neale'as Donaldas Walschas

Džiaugsmas, meilė, laisvė, laimė, juokas – štai kas svarbiausia. Jei patiri džiaugsmą sėdėdamas ir medituodamas valandą, dievaži, daryk tai. Jei džiūgauji valgydamas sumuštinį su dešra, tai valgyk jį!

Jackas Canfieldas

Kai glostau katę, mane apima džiaugsmas. Kai vaikštinėju gamtoje, mane apima džiaugsmas. Aš trokštu visada būti džiugios nuotaikos, todėl keldamas ją stengiuosi sutelkti dėmesį į tai, ko noriu, ir tada tas noras išsipildo.

Daryk tai, ką mėgsti ir kas teikia džiaugsmą. Jei nežinai, kas tave džiugina, paklausk savęs, kas tave pradžiugintų. Kai išsiaiškinsi, atsiduok tam džiaugsmui, ir traukos dėsnis pritrauks daugybę džiugių dalykų, žmonių, aplinkybių, įvykių, galimybių, ir vien tik dėl to, kad spinduliuoji džiaugsmą.

DR. JOHNAS HAGELINAS

Vidinė laimė yra tikrų tikriausias sėkmės variklis.

Būk laimingas *dabar.* Jauskis gerai *dabar*. Ir tik tai daryk. Jei skaitydamas šią knygą patyrei šiuos jausmus, vadinasi, nepaprastai daug pasimokei iš Paslapties.

DR. JOHNAS GRAY

Tai, dėl ko tu jautiesi gerai, visada pritrauks dar daugiau gerų pojūčių.

Dabar tu skaitai šią knygą. Pats į savo gyvenimą ją prisitraukei – tau tereikia rinktis, pasinaudoti ja ar ne. Jei ne, tiesiog pamiršk ją. Susirask, kas tau tiktų, kas rastų atgarsį tavo širdyje.

Jau žinai Paslaptį, o ką su tomis žiniomis veiksi, priklauso nuo tavęs. Kad ir ką pasirinktum, viskas bus teisinga. Ar norėtum pritaikyti tas žinias sau, ar ne – bet kuriuo atveju turėsi rinktis. Pasirinkti gali tik tu.

> „Sek paskui savo laimę, ir Visata atvers tau duris netgi ten, kur jų nėra."
>
> *Josephas Campbellas*

Lisa Nichols

Kai seki paskui savo laimę, esi nuolatinėje džiaugsmo erdvėje. Atsiveri Visatos turtams. Trokšti savo gyvenimu dalintis su tais, kuriuos myli, ir tavo susižavėjimas, tavo aistra, tavo laimė užkrečia kitus.

Dr. Joe Vitale'is

Štai ką darau kone visą laiką – degu aistra, susižavėjimu, laime – ir taip kiauras dienas.

Bobas Proctoras

Mėgaukis gyvenimu, nes jis nepaprastas! Tai nuostabi kelionė!

Marie Diamond

Gyvensi kitokioje tikrovėje, gyvensi kitokį gyvenimą, o žmonės žvelgs į tave ir klaus: „Kuo tu nuo manęs skiriesi?" Ogi tuo, kad aš naudojuosi Paslaptimi.

Morrisas Goodmanas

Ir tada tu galėsi daryti, turėti tai ar būti tuo, kas žmonėms atrodo neįmanoma.

Dr. Fredas Alanas Wolfas

Dabar mes išties įžengiame į naują epochą. Epochą, kai galutinė riba yra nebe kosmosas, kaip manoma fantastiniame seriale „Žvaigždžių kelias", o protas.

Dr. Johnas Hagelinas

Mano nuomone, ateitis kupina beribių galimybių. Atkreipk dėmesį – mes išnaudojame vos 5 procentus viso žmogiškojo proto potencialo. Visą potencialą galima išnaudoti tik tinkamai išprusus. Tad įsivaizduok pasaulį, kuriame žmonės išnaudoja visas savo protines ir jausmines galimybes. Galėtume keliauti bet kur. Galėtume daryti bet ką. Pasiektume bet ką.

Šis laikotarpis mūsų nuostabioje planetoje yra pats žavingiausias per visą istoriją. Mes pamatysime, kaip neįmanoma virsta įmanoma visose srityse, kur tik žmogus deda pastangas. Atsikratę minčių apie savo ribotumą ir *įsitikinę,* kad esame neriboti, suprasime, kokia nepaprasta yra žmonija, ir tai atsiskleis per sportą, sveikatą, meną, technologijas, mokslą ir bet kokią kitą kūrybinę veiklą.

Naudokis savo nepaprastumu

Bobas Proctoras

Įsivaizduok, lyg jau būtum pasiekęs trokštamą gerovę. Visos religinės knygos, visi didieji filosofijos veikalai, visi didieji lyderiai, visi išminčiai yra apie tai kalbėję. Įsiklausyk į jų žodžius. Daugumą tų išminčių pristatėme šioje knygoje. Jie visi suprato vieną dalyką. Jie suvokė Paslaptį. Dabar ir tu ją supranti. Ir kuo daugiau ją taikysi savo gyvenime, tuo geriau ją suvoksi.

Paslaptis yra tavyje. Kuo daugiau naudosi savyje slypinčią galią, tuo daugiau jos pritrauksi. Ateis laikas, kai nebereikės praktikuotis, nes pats *būsi* galia, pats *būsi* tobulumas, pats *būsi* išmintis, pats *būsi* protas, pats *būsi* meilė, pats *būsi* džiaugsmas.

LISA NICHOLS

Gyvenime atsiradai vien todėl, kad kažkas tavyje kuždėjo, jog esi vertas būti laimingas. Gimei, kad kuo nors papildytum, patobulintum šį pasaulį. Kad kas nors būtų didesnis, geresnis nei buvo vakar.

Viskas, ką tau teko patirti, kiekviena akimirka, kurią išgyvenai, ruošė tave šiai minutei. Įsivaizduok, ką gali dabar padaryti, kai jau turi tiek žinių. Dabar tu supranti, jog esi savo likimo kalvis. Ką dar galėtum padaryti? Kuo dar galėtum tapti? Kiek žmonių galėtum palaiminti vien savo buvimu? Kaip išnaudosi šią akimirką? Ar nutversi ją? Niekas už tave nesušoks tavo šokio, niekas už tave nesudainuos tavo dainos, niekas nesukurs tavo istorijos. Kas esi, ką veiki – viskas prasideda kaip tik dabar!

MICHAELIS BERNARDAS BECKWITHAS

Tikiu, kad esi nuostabus, kad tavyje slypi kažkas nepaprasta. Ir visai nesvarbu, kas yra tau nutikę gyvenime. Visai nesvarbu, kokio amžiaus esi. Tą akimirką, kai pradėsi „galvoti tinkamai", tas kažkas, tūnantis tavyje, ta galia tavyje, kuri yra didesnė už pasaulį, prasiverš. Ji apims visą tavo gyvenimą. Ji maitins tave. Ji rengs tave. Ji ves, saugos, nukreips tave, persmelks visą tavo būtį. Jeigu tik leisi. O tuo aš tikrai neabejoju.

Žemė sukasi dėl Tavęs. Vandenynai tvinsta ir slūgsta dėl Tavęs. Paukščiai čiulba Tau. Saulė teka ir leidžiasi dėl Tavęs. Žvaigždės spindi Tau. Visos grožybės, kurias regi, visos gėrybės, kurias gauni, yra skirtos Tau. Apsižvalgyk. Be Tavęs niekas neegzistuotų. Nesvarbu, kas manei esąs, dabar žinai *tiesą apie save*. Tu esi Visatos šeimininkas. Tu esi karalystės paveldėtojas. Tu esi gyvenimo tobulybė. Ir dabar tu žinai Paslaptį.

Telydi tave džiaugsmas!

> „Paslaptis padeda atsakyti į klausimą, kas buvo,
> kas yra ir kas kada nors bus.“
>
> *Ralphas Waldo Emersonas*

Paslapties santrauka

- *Savo gyvenimo lentoje gali prirašyti ko tik panorėjęs.*
- *Tau tereikia jaustis gerai dabar.*
- *Kuo daugiau naudosi savyje slypinčią galią, tuo daugiau jos prisitrauksi.*
- *Metas įsisąmoninti, kad esi nepaprastas.*
- *Gyvename nuostabioje epochoje. Atsikratę minčių apie savo ribotumą, suprasime žmonijos didingumą, pasireiškiantį bet kurioje kūrybinėje veikloje.*
- *Daryk tai, ką mėgsti. Jei nežinai, kas tave džiugina, paklausk savęs, kas tave pradžiugintų. Atsidavus džiaugsmui, tave užgrius džiugūs dalykai, nes tu spinduliuosi džiaugsmą.*
- *Dabar, kai jau žinai Paslaptį, viskas priklauso nuo tavęs. Kad ir ką pasirinktum, bus teisinga. Galia tavo rankose.*

Biografijos

JOHNAS ASSARAFAS

Kadaise buvęs gatvės vaikas, dabar Johnas Assarafas žinomas kaip bestselerių autorius, lektorius, verslo patarėjas, padedantis verslininkams susikrauti didesnius turtus gyvenant nepaprastą gyvenimą. Pastaruosius dvidešimt penkerius metus Johnas buvo pašventęs žmogaus smegenų tyrinėjimams, kvantinei fizikai ir verslo strategijoms, nes visa tai susiję su sėkme versle ir gyvenime. Pasinaudojęs tuo, ką sužinojo, Johnas tiesiog iš nieko sukūrė keturias multimilijoninės apyvartos kompanijas ir dabar savo unikaliomis verslo kūrimo ir pinigų uždirbimo idėjomis dalijasi su stambiaisiais verslininkais ir smulkiojo verslo atstovais visame pasaulyje. Daugiau informacijos rasi tinklalapyje www.onecoach.com.

MICHAELIS BERNARDAS BECKWITHAS

Dr. Beckwithas – apolitiškas, neprisišliejęs nė prie vienos religijos, pažangus žmogus. 1986 metais įsteigė Agapės tarptautinį dvasinį centrą, kurio vietinių narių skaičius siekia

10 tūkstančių, o draugų bei prijaučiančių visame pasaulyje yra šimtai tūkstančių. Jis dirba tarptautiniuose komitetuose kartu su tokiais dvasios šviesuliais kaip Jo Šventenybė Dalai Lama, dr. A. T. Ariyaratne'is, *Sarvodaya* judėjimo sukūrėjas, ir Arunas Gandhi, Mohando K. Gandhi anūkas. Jis yra vienas iš Pasaulinės naujosios minties sąjungos steigėjų, į kurios metines konferencijas susirenka mokslininkai, ekonomistai, menininkai ir dvasiniai vadovai, padedantys žmonijai siekti aukščiausio dvasinio lygmens.

Dr. Beckwithas moko meditacijos ir mokslinės maldos, dirba dvasinio mokymo centruose, pasisako seminaruose ir konferencijose. Jis yra gyvenimo vizualizavimo proceso pradininkas, knygų „Įkvėpimas, kylantis iš širdies", „40 dienų proto badas – puota sielai" ir „Taikos manifestas" autorius. Daugiau informacijos tinklalapyje www.Agapelive.com.

Genevieve Behrend (1881–1960)

Genevieve Behrend mokėsi iš Thomaso Trowardo, vieno pirmųjų dvasinės metafizikos mokytojo bei knygos „Minčių mokslas" autoriaus. Behrend buvo vienintelė Thomaso Trowardo mokinė. Ji tęsė jo mokymą, skaitė paskaitas ir praktikavo „minčių mokslą" Šiaurės Amerikoje trisdešimt penkerius metus, taip pat parašė populiarias knygas „Tavo nematoma galia" bei „Savo širdies norų suvokimas".

Lee Broweris

Lee Broweris yra *Empowered wealth* įkūrėjas ir vadovas. Tai tarptautinė konsultavimo firma, siūlanti verslininkams, fondams, šeimoms bei pavieniams asmenims programas ir sprendimus, kurie padėtų įgyti daugiau patirties, įnašų ir lėšų. Jis taip pat įkūrė ribotos atsakomybės įmonę *Quadrant Living Experience,* kuri išduoda licencijas ir apmoko tarptautinį *Quadrant Living Advisor* instruktorių tinklą. Lee yra knygos „Verslo stiprinimas ir išsaugojimas" bendraautoris bei „Brokerio kvadrantas" autorius. Jis turi du tinklalapius: www.empoweredwealth.com ir www.quadrantliving.com.

Jackas Canfieldas

Jackas Canfieldas yra knygos „Sėkmės principai" autorius, taip pat fenomenalios *New York Times* bestselerių „Vištienos sultinys sielai" serijos, kurios dabar jau yra išleista 100 milijonų egzempliorių, bendraautoris. Jis yra vienas sėkmingiausiai dirbančių Amerikos ekspertų, padedantis pasiekti sėkmę verslininkams, korporacijų vadovams, vadybininkams, pardavimų specialistams, tarnautojams ir mokytojams. Jis padėjo daugybei žmonių įgyvendinti savo svajones. Daugiau informacijos apie Jacką Canfieldą rasite tinklalapyje www.jackcanfield.com.

ROBERTAS COLLIERAS (1885 – 1950)

Robertas Collieras parašė nemažai knygų, kurios buvo nepaprastai skaitomos Amerikoje. Visos jo knygos, įskaitant „Amžių paslaptis" ir „Turtai tau po ranka", rėmėsi išsamiais paties Colliero metafiziniais tyrinėjimais bei tikėjimu, kad sėkmė, laimė ir gausa yra visiems lengvai bei teisėtai pasiekiama. Šioje knygoje pateiktos ištraukos iš jo septyntomės knygos „Amžių paslaptis", mielai sutikus korporacijai *Robert Collier Publications*.

DR. JOHNAS F. DEMARTINI

Kadaise jam buvo pasakyta, kad jis negalės mokytis, tačiau dabar Johnas Demartini yra gydytojas, filosofas, knygų autorius ir pasaulinio garso lektorius. Daugybę metų jis turėjo sėkmingai dirbusią manualinės terapijos kliniką ir net kartą buvo išrinktas geriausiu metų manualinės terapijos specialistu. Dabar dr. Demartini konsultuoja gydytojus, kalba ir rašo gydymo bei filosofijos temomis. Jo asmeninė transformacijos metodologija pagelbėjo tūkstančiams žmonių susitvarkyti gyvenimą ir rasti laimę. Jo tinklalapis – www.drdemartini.com.

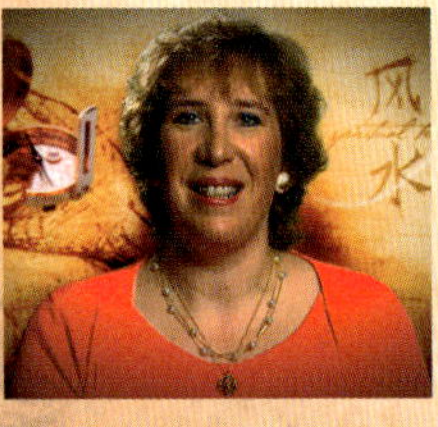

MARIE DIAMOND

Marie visame pasaulyje žinoma kaip fengšui specialistė. Ji praktikuoja fengšui daugiau kaip dvidešimt metų, vis tobulindama ankstyvame amžiuje įgytas žinias. Ji patarinėjo daugeliui Holivudo įžymybių, filmų režisieriams ir prodiuseriams, muzikos grandams ir žymiems rašytojams. Ji yra padėjusi dabar gerai visuomenėje žinomiems žmonėms pasiekti sėkmę įvairiose gyvenimo srityse. Marie, stengdamasi nutiesti kelią traukos dėsniui į mūsų aplinką, sukūrė deimantinį fengšui, deimantinį pasinėrimą ir vidinį deimantinį fengšui. Jos tinklalapis – www.mariediamond.com.

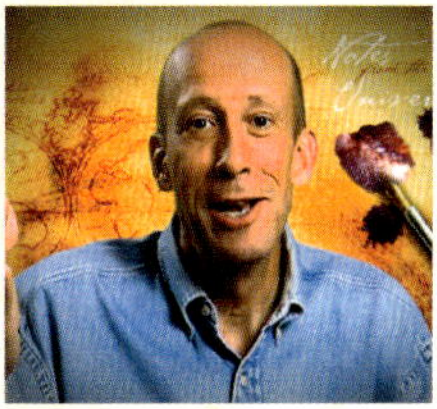

MIKE'AS DOOLEY

Mike'as nėra profesionalus mokytojas ir lektorius. Priešingai – kaip tikras „nuotykių ieškotojas" jis puikiai plaukioja korporacijų ir verslo vandenyse. Padirbėjęs bendrovėje *Price Waterhouse* ir pagyvenęs įvairiose šalyse, 1989 metais kartu su kitais įsteigė korporaciją *Totally unique thoughts (TUT)*, kad mažmenomis ir didmenomis parduotų įkvepiančias savo paties sukurtos linijos dovanas. Nuo pat pradžių *TUT* išaugo į regioninį parduotuvių tinklą ir atsidūrė greta pagrindinių JAV universalinių parduotuvių. Vartotojus visame pasaulyje ji pasiekia per platinimo centrus Japonijoje, Saudo Arabijoje ir Šveicarijoje. Jai pavyko parduoti daugiau nei milijoną visiškai unikalių marškinėlių. 2000 m. Mike'as *TUT* pertvarkė į internetinį įkvėpimo ir filosofinį nuotykių ieškotojų klubą, kuris dabar turi virš 60 tūkst. narių iš daugiau nei 169 šalių. Jis yra daugybės knygų, įskaitant tritomį „Žinutės iš Visatos", autorius. Be to, sukūrė tarptautiniu mastu pripažintą garso programą „Begalinės galimybės: menas gyventi savo svajonėmis". Daugiau apie Mike'ą ir *TUT* rasite tinklalapyje www.tut.com.

BOBAS DOYLE'IS

Bobas Doyle'is yra laidos „Turtas anapus proto" kūrėjas ir vedėjas. Šioje laidoje jis pateikia mokymą apie traukos dėsnį ir jo taikymą. Bobas sutelkia dėmesį į traukos dėsnio mokslinę pusę, kad padėtų mums kuo tikslingiau panaudoti šį dėsnį savo gyvenime ir pritraukti turtą, sėkmę, nuostabius santykius ir viską, ko tik užsimanysime. Daugiau informacijos rasite tinklalapyje www.wealthbeyondreason.com.

HALE 'AS DWOSKINAS

Hale'as Dwoskinas, *New York Times* bestselerio „Sedonos metodas" autorius, pasiryžo išlaisvinti žmones iš ribojančių įsitikinimų varžtų ir padėti jiems pasiekti, ko trokšta. Sedonos metodas yra unikalus, stiprus metodas, padedantis atsikratyti ribojančių ir skausmingų jausmų, nuostatų, įsitikinimų. Pastaruosius trisdešimt metų Hale'as šių principų mokė korporacijas ir atskirus asmenis visame pasaulyje. Jo tinklalapis – www.sedona.com.

MORRISAS GOODMANAS

Morrisas Goodmanas buvo pramintas Žmogumi Stebuklu po to, kai sugijo po siaubingų traumų, patirtų lėktuvo katastrofoje 1981 metais. Jam buvo pasakyta, kad nebevaikščios, nebekalbės ir nebegalės dirbti, kaip anksčiau, tačiau šiandien Morrisas keliauja po pasaulį ir savo nuostabia istorija įkvepia tūkstančius žmonių. Morriso žmona Cathy Goodman taip pat nusifilmavo „Paslaptyje". Ji papasakojo suteikiančią vilties savo pačios išgijimo istoriją. Daugiau – www.themiracleman.org.

DR. JOHNAS GRAY

Johnas Gray yra knygos „Vyrai iš Marso, moterys iš Veneros" autorius. Ši knyga buvo tarp geriausiai parduodamų praėjusio dešimtmečio knygų apie žmonių santykius – parduota daugiau nei trisdešimt milijonų egzempliorių. Jis sukūrė keturiolika kitų bestselerių ir veda seminarus tūkstančiams klausytojų. Jam rūpi padėti vyrams ir moterims suprasti, gerbti vienas kitą, įvertinti skirtumus tiek profesiniuose, tiek asmeniniuose santykiuose. Jo naujausia knyga – „Marso ir Veneros dieta bei pratimai". Daugiau informacijos – www.marsvenus.com.

CHARLESAS HAANELIS (1866–1949)

Charlesas Haanelis buvo klestintis Amerikos verslininkas bei keletos knygų autorius. Savo knygose jis išdėstė idėjas ir metodus, kurie jam padėjo pasiekti šlovę. Viena garsiausių jo knygų yra „Pagrindinio rakto sistema", kurioje pateikiamos dvidešimt keturios kassavaitinės pamokos siekiant šlovės, ir šiandien yra ne mažiau populiari nei tada, kai pirmąsyk buvo išleista 1912 metais.

Dr. Johnas Hagelinas

Dr. Johnas Hagelinas yra pasaulyje gerai žinomas kvantinės fizikos specialistas, pedagogas ir viešosios politikos ekspertas. Jo knygoje „Tobulo vadovavimo vadovas" aiškinama, kaip spręsti pagrindines visuomenines ir aplinkosaugos problemas bei politinėmis priemonėmis kurti taiką pasaulyje atsižvelgiant į gamtos dėsnius. Johnas Hagelinas buvo apdovanotas prestižiniu Kilby apdovanojimu, kuriuo pagerbiami savo darbais prie visuomenės gerovės labai prisidėję mokslininkai. 2000 metais jis kandidatavo į Prigimtinės teisės partijos pirmininko postą. Šiandien Johnas laikomas vienu iš didžiausių planetos mokslininkų. Jo tinklalapis – www.hagelin.org.

Billas Harrisas

Billas Harrisas yra profesionalus oratorius, mokytojas ir verslo savininkas. Išstudijavęs senovinius ir modernius tyrinėjimus apie proto prigimtį ir transformacijos metodus, Billas sukūrė *Holosync* – garso įrašą, sukelintį gilią meditaciją. Jo bendrovė *Centerpointe Research Institute* padėjo daugybei žmonių visame pasaulyje susikurti laimingesnį, be įtampos gyvenimą. Daugiau informacijos – www.centerpointe.com.

Dr. Benas Johnsonas

Dr. Johnsonas mokėsi Vakarų medicinos, bet neįprastais būdais įveikęs sunkią ligą, susidomėjo gydymu energija. Jis itin domisi „gydymo kodais" – dr. Alexo Lloydo atrastu gydymo būdu. Šiandien dr. Johnsonas ir Alexas Lloydas vadovauja „Gydymo kodų“ įmonei, kuri skleidžia žinias apie savo mokymą. Daugiau informacijos tinklalapyje www.healingcodes.com.

Loral Langemeier

Loral Langemeier yra organizacijos *Live out loud* įkūrėja. Ši įstaiga ugdo supratimą apie finansus ir teikia visokeriopą paramą žmonėms, kurie siekia piniginės naudos. Ji tiki, jog kraunant turtus svarbiausia yra mąstysena. Ji yra padėjusi daugybei žmonių tapti milijonieriais. Loral pavieniams asmenims ir įmonėms perduoda savo žinias bei patirtį. Jos tinklalapis – www.liveoutloud.com.

Prentice'as Mulfordas (1834–1891)

Prentice'as Mulfordas buvo vienas iš Naujosios minties judėjimo įkūrėjų bei pirmųjų knygų apie šį judėjimą autorius. Didelę savo gyvenimo dalį nugyveno atsiskyręs nuo visuomenės. Savo darbais, kuriuose kalbama apie dvasinius ir mentalinius dėsnius, padarė įtaką daugybei rašytojų ir mokytojų. Knygos „Mintys yra daiktai“ ir „Baltojo kryžiaus biblioteka“ yra sudarytos iš jo esė.

Lisa Nichols

Lisa Nichols veikla skatina žmones išnaudoti visas savo dvasines galias. Ji yra programų „Masių motyvavimas“ ir „Paauglių dvasios motyvavimas“ autorė bei vadovė. Šios išsamios, kvalifikuotos programos skatina paauglius, moteris, verslininkus keisti savo gyvenimą. Lisa taip pat teikia paslaugas edukacinėms sistemoms, įmonėms, organizacijoms bei prisideda prie tikėjimo programų. Lisa yra knygos „Vištienos sultinys afrikiečių kilmės amerikiečių sielai“, priklausančios bestselerių serijai, bendraautorė. Jos tinklalapis – www.lisa-nichols.com.

Bobas Proctoras

Bobas Proctoras išminties įgijo iš didžių mokytojų. Andrew Carnegie savo žinias perdavė Napoleonui Hillui, šis jas perdavė Earlui Nightingale’ui, o pastarasis išminties fakelą perleido Bobui Proctorui. Bobas daugiau nei keturiasdešimt metų domėjosi minčių galia. Keliaudamas po pasaulį jis moko Paslapties, padeda kompanijoms ir pavieniams asmenims susikurti klestintį, turtingą gyvenimą pasitelkus traukos dėsnį. Jis yra pasaulyje pripažinto bestselerio „Gimei turtingas“ autorius. Daugiau informacijos www.bobproctor.com.

JAMESAS ARTHURAS RAY

Visą gyvenimą aiškinęsis, kaip įgyti turtus ir pasiekti gerovę. James sukūrė programas „Sėkmės mokslas" ir „Harmoningas turtas". Jos moko žmones, kaip pasiekti geriausių rezultatų įvairiose srityse: finansų, žmonių tarpusavio santykių, intelektualios veiklos, fizinėje ir dvasinėje plotmėje. Jo darbo su savimi sistemos, įmonių apmokymo programos, ir treniruočių pratimai naudojami visame pasaulyje. Jis dažnai pasisako turto, sėkmės, žmogaus galimybių temomis. Jamesas taip pat yra daugybės rytietiškų, vietinių bei mistinių tradicijų žinovas. Daugiau informacijos tinklalapyje www.jamesray.com.

DAVIDAS SCHIRMERIS

Davidas Schirmeris sėkmingai užsiima akcijų prekyba, investuoja, moko investavimo meno, veda seminarus, kursus. Jo kompanija *Trading edge* moko žmones, kaip išsiugdžius tam tikrą mąstyseną gauti neribotas pajamas. Schirmerio Australijos bei užjūrio akcijų bei produktų rinkos analizė itin vertinama už tikslumą. Daugiau tinklalapyje – www.tradingedge.com.au.

MARCI SHIMOFF

Marci Shimoff yra nepaprastai populiarių knygų „Vištienos sultinys moters sielai" ir „Vištienos sultinys motinos sielai" bendraautorė. Ji yra transformacijos žinovė. Marci su užsidegimu kalba apie žmogaus saviugdą ir laimę. Jos darbai skirti moterų gyvenimo vertei kelti. Ji taip pat yra įmonės *Esteem Group* viena iš steigėjų ir prezidentė. Ši bendrovė siūlo moterims savigarbą ir pasitikėjimą savimi ugdančias programas. Jos tinklalapis – www.marcishimoff.com.

DR. JOE VITALE'IS

Joe Vitale'is prieš dvidešimt metų buvo benamis, o dabar laikomas vienu geriausių rinkodaros specialistų pasaulyje. Jis parašė daugybę knygų apie sėkmę ir gausą, pavyzdžiui, „Trūkstamo gyvenimo instrukcijų vadovas“, „Hipnotizuojantis rašymas“ bei „Traukiantis faktorius“. Visos jos pirmauja geriausiai parduodamų knygų sąrašuose. Joe turi metafizikos mokslų daktaro laipsnį ir yra diplomuotas hipnozės specialistas, taikantis metafiziką praktikoje. Be to, jis yra įšventintas į pastorius, taip pat gydo remdamasis „qigong“ gydymo sistema. Daugiau informacijos – www.mrfire.com.

DR. DENISAS WAITLEY

Dr. Waitley yra vienas iš labiausiai gerbiamų Amerikos knygų autorių, lektorių bei patarėjų žmogiškųjų pasiekimų klausimais. Jis buvo pasamdytas NASA astronautams apmokyti, o vėliau tą pačią programą pritaikė olimpiados atletams. Jo garso kasetė „Laimėjimo psichologija“ – geriausiai parduodama saviugdos programa. Jis taip pat parašė penkiolika dokumentinių knygų, tarp kurių kelios yra tikri bestseleriai. Jo tinklalapis – www.waitley.com.

NEALE'AS DONALDAS WALSCHAS

Neale'as Donaldas Walschas yra modernus dvasinis mokytojas ir geriausiai parduodamos trijų novatoriškų knygų serijos „Pokalbis su Dievu" autorius. Šios knygos sumušė visus *New York Times* bestselerių rekordus. Neale'as yra išleidęs dvidešimt keturias knygas, taip pat vaizdo ir garso programų. Jis keliauja po pasaulį skelbdamas naujojo dvasingumo žinią. Su juo galima susisiekti tinklalapyje www.nealedonaldwalsch.com.

WALLACE'AS WATTLESAS (1860–1911)

Wallace'as Wattlesas gimė Amerikoje. Prieš imdamasis rašyti „Naujosios minties" principus, jis daugybę metų studijavo įvairias religijas ir filosofijas. Wattleso knygos padarė didžiulę įtaką nūdienos sėkmės ir klestėjimo mokytojams. Jo žymiausias darbas – klasika tapusi knyga „Mokslas kaip praturtėti", išleista 1910 metais.

DR. FREDAS ALANAS WOLFAS

Fredas Alanas Wolfas yra fizikas, knygų autorius, lektorius. Yra gavęs teorinės fizikos daktaro laipsnį. Dr. Wolfas dėsto viso pasaulio universitetuose, o jo kvantinės fizikos bei sąmonės tyrinėjimai atsispindi rašiniuose. Jis yra dvylikos knygų autorius, o už knygą „Kvantinis šuolis" laimėjo

Nacionalinę premiją. Šiandien dr. Wolfas ir toliau rašo bei skaito paskaitas visame pasaulyje, be to, atlieka įdomius ryšio tarp kvantinės fizikos ir sąmonės tyrinėjimus. Jo tinklalapis – www.fredalanwolf.com.

Tegu Paslaptis suteikia meilės,
džiaugsmo visai tavo būčiai.

To linkiu tau ir visam pasauliui.

Norėdamas sužinoti daugiau,
apsilankyk tinklalapyje www.thesecret.tv.

Tiražas 8000 egz.
Išleido leidykla „Alma littera“, A. Juozapavičiaus g. 6/2, LT-09310 Vilnius
Interneto svetainė: www.almalittera.lt
Spaudė UAB „Sapnų sala“, Moniuškos g. 21, LT-08121 Vilnius